나는,
내가 정말 좋다

나는, 내가 정말 좋다

발행일   2018년 10월 15일

지은이   이 지 향
펴낸이   손 형 국
펴낸곳   (주)북랩
편집인   선일영   편집   오경진, 권혁신, 최예은, 최승헌, 김경무
디자인   이현수, 김민하, 한수희, 김윤주, 허지혜   제작   박기성, 황동현, 구성우, 정성배
마케팅   김회란, 박진관, 조하라
출판등록   2004. 12. 1(제2012-000051호)
주소   서울시 금천구 가산디지털 1로 168, 우림라이온스밸리 B동 B113, 114호
홈페이지   www.book.co.kr
전화번호   (02)2026-5777   팩스   (02)2026-5747

ISBN   979-11-6299-381-1 03810 (종이책)   979-11-6299-382-8 05810 (전자책)

이 도서의 국립중앙도서관 출판예정도서목록(CIP)은 서지정보유통지원시스템 홈페이지(http://seoji.nl.go.kr)와
국가자료공동목록시스템(http://www.nl.go.kr/kolisnet)에서 이용하실 수 있습니다.
(CIP제어번호 : CIP2018032507)

(주)북랩 성공출판의 파트너

북랩 홈페이지와 패밀리 사이트에서 다양한 출판 솔루션을 만나 보세요!

홈페이지 book.co.kr • **블로그** blog.naver.com/essaybook • **원고모집** book@book.co.kr

이지향 작품집

나는,
내가 정말 좋다

시인 이지향의
진솔한 자기 고백적인 언어가
빛나는 작품집

북랩 book Lab

제2부 ____ 시

글머리에

이 나이가 되니 인생(人生)의 오욕칠정에 대하여 조그마한 목소리나마 낼 수 있게 되었다.

젊었을 때 품었던 웅혼한 욕망이 줄어드니 무엇이든 고맙고 기쁘다.

얼굴엔 자글자글한 수름, 구부정한 허리로 무에 그리 급한 일이 있다고 종종걸음을 치나 싶지만, 예전엔 미처 몰랐다. 산다는 일이 이리도 가슴 벅차게 행복할 줄은.

아마도 내게 시간이 얼마 남지 않았다는 사실을 알고 있기에, 남은 시간이 더 애틋하고 소중한 것이 아닐는지.

독자들이여!
일몰 직전의 찬란한 광휘의 순간들을 사랑하였으므로 행복했기에, 그 고백을 함께 들어 주지 않으시렵니까?

제1부

수
필

나는, 내가 정말 좋다

아들이 쓰다 만 안경테에다 돋보기 알을 갈아 끼우고 척하니 돋보기를 쓰고, 뭔가 글을 쓰고 있는 내 모습이 좋게 느껴진다.

길을 걸어도, 외식할 때도, 집에서 찬거리를 만들 때도, 뭘 쓸까 고민하는 내가 좋다.

학창시절에 그렇게 되고 싶었던 '시인'이라는 꿈. 그런 시인이 되어서 '시'랍시고 무언가를 끄적이고 있는 지금의 내가 정말 좋다.

지금은 평균 수명이 100세를 능가하는 시대다. 나는 그때까지 도달하려면 제법 시간이 있는 69세다. 좋은 글을 위하여 독수리의 눈매로 사물을 직시하고, 내용은 넓고 깊게 파고 들어가 인간미가 풍기는 그런 글을 쓰고 싶다.

그리하여 주위 사람들에게 눈곱만한 좋은 영향이라도 미친다면, 남은 인생은 "끼야호!" 하며 보람을 느낄 것 같다.

그런 길을 지향하며 걸어가기 위해 부단히 애쓰는 이지향. 그런 내가 나는 정말 좋다.

청학동 엘레지*Elegy*

부산시 영도구 청학동은 경남 고성에서 약국, 포목점 등의 사업을 하시던 외할아버지가 재산을 홀랑 다 까먹고 천신만고 끝에 자리 잡은 곳이다.

바다가 인접한 막다른 공터에 있는 루핑 집에는 건장한 다섯 명의 외삼촌과 외할머니 내외까지, 총 일곱 식구가 살았다.

외할아버지는 고보(고등보통학교) 출신으로 인텔리(intelligentsia) 반열에 드는 지식인이라 그런지, 통장 일을 보시면서 틈틈이 마을 주민들의 억울한 사연을 듣고 이를 진정서로 써 주는 일을 즐기셨다.

외할머니는 온화한 성품의 소유자셨는데 천성이 부지런하여 언덕의 조그마한 밭뙈기를 일구어 배추, 무, 상추, 쑥갓 등 채소를 경작하고, 틈틈이 바닷가에 나가 미역, 파래, 톳나물, 조개 등을 채취해 와서 반찬값을 줄였다.

내가 9살 때 엄마가 용돈을 두둑하게 준다고 꼬시길래, 못 이기는 척하고 엄마의 전령 노릇을 하게 되었다.

그때 우리 집은 마산에 있었다. 그래서 나는 부산까지 기차를 타고 가서, 부산역에서 영도까지 버스로, 영도에서 다시 청학동까지 버스를 갈아타야만 했다.

길치인 나는 엄마가 꾸려준 햇과일 보자기를 머리에 이고 손에 들고 하면서 외가를 찾아갔다. 거스름돈으로 산 왕사탕을 입안에서 굴리면서, 버스를 잘못 탔다 내렸다 찔끔찔끔 울기를 반복하다가, 간신히 해거름에야 그곳에 당도했다.

형편이 넉넉지 않던 외가 살림이었지만 밥상 다리는 휘어질 듯했다. 보리밥에 배추김치, 깍두기, 물김치, 꽈리고추찜, 다시마 부각, 무채 넣은 굴 무침, 호래기젓, 아욱국 등. 한 가지 반찬을 두세 접시씩 담아내니 더 푸짐해 보였다. 반찬 솜씨가 좋은 할머니 덕분이었다.

하룻밤 자고 가기로 하고 할아버지, 할머니 곁에 누워 자려는데, 할머니가 "겨우 19살에 무에 그리 급하다고 시집을 보내? 천하에 양반이면 다 되나? 청상과부 독한 시어머니에, 층층시하 시집 식구 건사하느라 얼굴 한 번 피지 못하는 그 아이가 가엽지 않소?"라고 말했다.
할머니는 할아버지가 함안 이 씨 양반 집안인 내 친가와 반강제로 결혼시킨 우리 엄마가 시집가서 불쌍하게 고생한다며 할아버지께 지청구를 늘어놓았다. 그러자 할아버지는 "그럼, 그 나이에 철도 공무원에다, 큰 키며, 인물이며 우리 이 서방만 한 사위도 없제." 하며 주거니 받거니 할머니와 밤새 투덕거리셨다.

연세대학교 화공과를 나온 둘째 외삼촌이 성공하여 서울 강서

구 화곡동에 대저택을 지었다. 그는 외국에 출장을 다녀올 때마다 보석 원석을 사 와서 다시 가공하여 할머니의 목걸이, 반지를 해 드리며 효도를 하였다.

외할머니는 90살 가까이 사시면서 속옷도 직접 빨아 입으시고 저녁도 잘 드시고 잠자리에 드셨다. 그러다 어느 날 아침에 일어나지 못하고 하늘나라로 가셨다.

천주교, 기독교, 불교 등 종교 한 번 가져본 적 없는 할머니가 그녀의 운명대로 꿋꿋이 잘 살다가 잠든 와중에 인생 대단원의 마침표를 찍은 것이다.

그 멋진 경이로움이 할머니에게서 나에게 전염되도록 지금도 나는 소망한다. 열렬히.

고향에 대하여

내 고향 마산은 은빛 바다가 생선 비늘처럼 반짝이는 '가고파'의 고장이다.

많은 예술가가 감성이 충만해져서 그곳을 빛내 주었고 경상남도에서 꽤 행세하던 지역이었다. 그런데 이게 웬일? 나의 노파심이겠지만 그렇게 맑디맑은 마산의 바다도 오염으로 인해 지금은 빛을 잃고, 흥청거리던 자유 수출지역도 시들해진 듯해서 걱정이다. 그래서 형제 녀과 어머니가 미신에 생존해 게시시만 사수 가고 싶어지지는 않는다.

몇 해 전 친정을 방문했을 때 그래도 마음이 아쉬워 문신 미술관을 방문해 보았다. 그나마 문화를 즐기고픈 내 마음의 사치를 누리는 것 같아 회포가 조금은 풀렸다.

나에게 남은 꿈이 있는데 이건 도저히 이루어질 수 없기에 더욱더 재미있다.

마산시 장군동 4가 16번지. 영아원 담을 함께 나누어 쓰던 우리 집터에 '이지향 문학방'이란 팻말이 걸린 정자 한 동을 지었으면 좋겠다. 여름엔 수박도 나누어 먹고, 쓸데없는 재담도 주고받고 유쾌하게 쉬어갈 수 있는 그런 공간.

　　캄캄한 여름밤에 우물물을 길어서 여고생, 여중생이던 언니와
내가 찰랑거리며 목욕할 때, 빡빡머리 대구빡 여럿이 올라왔다 내
려갔다 하면서 숨죽이며 우릴 엿 보던 그때.

　　"할무이! 문디 머스마들이 훔쳐 봅니더!" 내가 비명 아닌 비명을
질렀더니 맨발로 뛰어나온 할머니가 "옛~다! 이거나 쳐묵어라!"
하며 바가지로 찬물 세례를 퍼붓던 그곳에다.

생때같은

TV에서 보았다. 화재로 인해 목숨을 잃은 사람들의 명단과 오열하는 가족들의 눈물을.

우리 곁에서 함께 울고, 웃고, 먹고, 마시고 투덕거리던 그들이 졸지에 가뭇없이 사라지니, 남아 있던 황망한 우리들은 어쩔 수 없이 잠깐이지만 이성을 잃고 운명을 관장하는 신에게 대든다. 생때같은 그들을 어떻게 보내야 하냐고.

머리를 풀어헤치고 떼거리로 몰려가 억울하다고 도도해 보시란 어림없다. 한 번 거두어간 목숨은 하늘이 두 쪽이 나면 모를까, 절대 돌려주지 않는다. 그것이 그분이 정한 원칙이다.

태어날 땐 순서대로 태어나지만 갈 때는 순서가 없다. 그냥 무작위로 재수가 없으면 먼저 가는 것이다.

한 번은 가야 하는 그 길은 누구인들 가지 않으랴. 태어날 땐 이미 죽기로 작정하고 맺은 계약인데 먼저 가고, 나중 가고, 알고 보면 시차만 있을 뿐 결국 도토리 키 재기 형국이다. 그러니 있을 때 잘하라는 것이다. 곁에 있을 때 입안에 들은 것도 나눠 먹고, 따뜻하게 손도 자주 잡아 주어야 한다.

더 많이 웃고, 정답게 살아갈 일이다.

개천에서 용 난다

지금은 사라진 말, "개천에서 용 난다."

그런데 우리 동네 개천에서는 용은 못되어도 이무기 새끼 정도는 태어날 듯한 예감이 든다.

(혹자는 무지막지한 착각은 하지 마시라고 비난하지만)

문단 말석에 이름을 올린 지 20년. 힘이 좀 남아돈다 싶으면 목욕탕의 절은 타일을 닦고, 미루던 가스레인지 위 음식물 졸아붙은 자국을 지워내고, 베란다 창틀에 켜켜이 매달린 때글 친 조각감은 나무젓가락으로 닦아내느라 그동안에는 글을 쓸 엄두도 내지 못하였다.

50년 가까이 해온 완벽한 주부 흉내가 유일하게 잘하는 일이므로 그렇구려 하며 살았다.

그러나,

내 안에서 꿈틀거리다 똬리 틀고 있는 말들의 조합이 쿠데타를 일으키며 아우성치기 시작하더니, 개천 옆을 걸어가면 툭툭 튀어나왔다.

그들은 소녀 같은 감성으로 보랏빛 청순한 향기를 풍기기도 하지만, 우격다짐이 심한 철부지 사내아이들의 왕성한 식탐이 되기도 하여 칡뿌리라도 씹게 해줄 요량으로 걸으면서 나는 그들을 요리조리 끌고 다닌다.

언어의 부스러기들이 떡고물 떨어지듯 포시시 채반에 앉으면, 느닷없이 집으로 달려와야만 한다. 턱에 숨이 차도록 달려와서 돋보기를 끼고 주저리주저리 종이 위에 문자를 나열한다.

그렇게 쓰인 글들이 한 권의 책으로 묶여 나에게 안겨 올 땐, 나는 도달할 길 없는 섹슈얼리즘을 느낀다. 그 자식들이 대견하고 너무나 예뻐서. 무조건, 무조건 예뻐서.

홍라희를 추억하며

마음씨가 비단결 같고 미모가 뛰어났던 나의 선배, 홍라희.

내가 무척 좋아했던 그녀. 사춘기를 막 벗어날까 말까 할 때쯤
인 그 나이에 하루가 멀다 하고 그녀에게 편지를 보내곤 했었지.

비가 오면 비가 온다고. 눈이 오면 눈이 온다고. 바람이 불면 바
람이 분다고. 날이 흐리면 흐리다고. 기분이 좋으면 좋다고. 나쁘
면 나쁘다고.

흡사 이성과 연애하듯 시시콜콜 내 마음을 토로하곤 했다.

고교 시절, 우리 학교 대대장이었던 그녀는 단발머리를 찰랑거
리며 어디선가 나타나 호루라기를 휘리릭 불며 흐트러진 대열을
수습하곤 했다.

탤런트 이영애를 닮은 외모에 해맑은 목소리로 좌중을 압도하
는데, 누구나 그 매력에 호감을 느낄 수밖에 없었다.

욕망은 강하였으나 모든 여건이 따라주지 않았기에 돌파구를
찾지 못해 방황하던 내 영혼이, 그녀라는 구세주를 만나 글로 회
포를 풀어 그녀에게 자주 전달했으니 그녀도 내심 당황했으리라.

졸업하고 외국계 회사에 취직하여 짧은 영어 실력으로 밥벌이

를 하고 있을 때 예고 없이 그녀가 찾아왔다.

맑고 깊은 그녀의 눈망울에는 우수가 깃들었고 좀 마른 듯한 그녀의 외모는 청초하게 빛이 났다.

사랑하던 그녀의 약혼자가 졸지에 교통사고로 절명했단다.

"너도 있을 때 잘해 줘! 그렇게 안 하면 후회한다."

짧은 시간 동안 커피 한 잔 마시고 시니컬한 미소를 남기고 사라진 그녀.

이 나이가 되도록 다시 만나지는 못하였지만, 경국지색이던 그 미소대로 아름다운 삶을 살아 주었으리라 믿어 의심치 않으니, 그녀가 더욱 보고 싶어진다.

앗싸라비야!

이게 무슨 말이냐고? 고백하기 좀 거시기하지만, 위풍당당하게 대창의 모습으로 흘러가는 그놈을 바라보며, 환희에 찬 목소리로 춤까지 추며 변기 앞에서 내가 내지르는 나만의 환호성 구호다.

언젠가 우유에 그런 선전이 있었지. 황금색 변에 대하여.

피자, 아이스크림, 초콜릿, 족발, 닭튀김 등 맛있는 음식이 널린 이 세상에서, 먹은 만큼 배출해야 하는데 이 일이 마음대로 잘되질 않는다.

시중에 나와 있는 변비약을 복용하면 사르르 배가 아프다가 일회성 설사로 그치고 마니 사용하기가 두렵고, 매번 약에 의존한다는 것도 쉬운 일이 아니다.

옛날 중병에 걸렸을 때 관장약을 넣고 기다렸다가 치르는 홍역 같은 짓거리는 이제 더 이상 엄두도 못 낼 일이다.

그러다 보니, 튼실한 그놈이 내 몸에서 자연 분사될 때의 그 대견함은 "앗싸라비야!"라는 열적은 환송을 받아야 마땅하다.

여자의 변신은 무죄랍니다

시부모 모시고 아이들을 치열하게 키우던 때의 우화 한 토막이다.

결혼하고 첫아이를 낳아 기를 때까지 취업으로 청와대 입성을 고집하던 남편은, 그 소식을 기다리며 집에만 있기가 좀 그런지 동네 친구가 하는 전파사에서 바둑을 두며 소일하고 있었다.

백일 가까운 나의 아들은 먹는 것, 자는 것에 워낙 예민하여 번번이 초보 엄마인 나를 골탕 먹였다.

너무나 보채고 울어서 태어난 지 17일밖에 되지 않아 고개도 못 가누는 아이를 포대기로 머리를 고정시킨 뒤에 업곤 했었다.

아이가 열이 오르고 심하게 보챌 때는 하루에 병원에도 두어 번 뛰어가고, 낮인지, 밤인지, 잠을 잤는지, 깨었는지 분간이 가질 않아 항상 골이 뻐근하고 몸이 아팠다.

긴 머릿결에 약간의 웨이브가 있는 헤어스타일을 좋아하는 남편이지만, 갓난아이의 기분에 맞추어 긴 머리를 풀었다가 묶었다가 하자니 번거롭고 귀찮기도 하여 머리를 좀 자르기로 하고 그이에게 아이를 부탁하고 미장원에 갔다.

불경기에 제 발로 들어온 손님을 그냥 보낼 일 없는 미장원 원장은 그 노련한 사업 수완을 발휘하여 단박에 나의 마음을 사로

잡았다.

새댁은 오드리 헵번 스타일이 무척 잘 어울릴 테니 우선 파마를 하고 그 뒤에 쇼트커트를 하자고 하였다. 아이가 걱정되어 빨리 돌아가야 한다는 걱정이 앞섰지만, 분위기를 장악하는 그녀의 기세에 눌려 꼼짝을 못 하고 머리를 볶고, 지지고, 중화제를 바르고 다시 머리를 자르고 나니 두세 시간 정도가 소요되었다.

젖이 불어 블라우스 앞섶을 적셨다. 댕강 잘린 머리로 급하게 집으로 뛰어오니 그이가 정장 차림으로 대문 앞에 버티고 서 있었다. 대뜸 "깡패같이 그게 뭐냐?" 유난히 짧은 머리를 싫어하는 그의 입에선 볼멘소리가 터져 나왔다.

자초지종을 설명했더니 너무 늦게까지 오지 않아 경찰서에 실종신고를 하러 갈 참이었노라고 말하는 그였다.

그는 내가 너무도 힘든 시집살이와 육아에 지쳐서 어디로 도망을 쳐 버린 거로 생각했단다. 글쎄요. 그런 맘도 없진 않았지만 그렇게라도 변신을 해 보고 싶은 몸부림이 있었기에 오늘날 이렇게 잘 늙어가는 것이겠지요. 늙지 않고 잘 익어 가야지요.

떠도는 영혼

그 아이는 야릇한 매력을 풍겼다.

학창 시절, 중이 제 머리는 못 깎는다고 나는 내 문제는 해결하지 못하지만 남의 이야기를 잘 들어주고 한마디씩 거들어 주는 사람이었다. 그러니 애들은 나를 저들의 카운슬러라며 좋아했다.

그녀는 머리가 명석하고 유머러스했는데, 곤색 스커트와 하얀 카라에 청색 바이어스가 쳐진 교복이 경중하니 어울리지 않았다. 한마디로 치마를 바지처럼 입고 영국군 병사들이 의장 행사를 치르는 것처럼 각을 잡는 걸음걸이를 해서 우린 가끔 그 모습을 가리키며 웃곤 하였다.

그녀는 구레나룻 비슷한 흔적이 입가에 머물러 있어서 어찌 보면 남자 같다 싶었다.

그런 그녀가 하루는 심각한 얼굴로 자기 이야기를 들어 달라고 했다. 어머니가 외할머니가 되기도 해서 신경질 나서 싸우고 집을 나왔다고 했다.

전쟁 통에 잃어버렸던 어린 딸이 성장하여 회사에 취직하고 사장님의 비서가 되어 일하다가 정분이 나서 본처 모르게 살림을 차렸는데, 어찌어찌 알고 보니 비서가 자기 딸이었고, 그래서 태어난 친구가 외할머니를 어머니로 알고 컸다는 것이다.

그런 비밀을 최근에 알게 되어 다방을 하는 친엄마도 싫고 친엄마와 쥐어뜯으며 싸우는 외할머니도 싫다는 것이었다. 이런 기구한 운명이 있다니. 난 충격이었다.

멍하니 초점이 흔들리며 정서가 불안하던, 그리하여 가끔 이상한 행동을 하던 그 아이가 참으로 가여웠다.

흔들리던 영혼을 가진 그 아이는 어떻게 되었을까? 마음에 입은 깊은 생채기에서 새살이 돋아났어야 할 텐데.

결혼은 했을까? 아이도 낳았을까? 배우자와는 사이가 좋을까?

오지랖 넓게 밤잠도 안 오고 유독 그 아이의 행보가 궁금하고 생각난다. 영혼아! 영혼아!

너는 항시 청정 지역에서 머물며 몸이 어찌할 바를 모를 때 나아갈 길을 알려다오.

아찔한 미녀들

보고 싶다. 옥희야! 미림아!

내가 고등학교 1학년 때, 우리 반에 두 미녀가 있었다.

옥희는 잉그리드 버그만(Ingrid Bergman)과 김지미를 섞어 놓은 듯 현대적 감각이 절묘한 해답을 이룬 미녀였다. 들리는 소문에 의하면 그녀의 가정은 찢어지게 가난하여 밥도 못 먹을 정도라는데 입성은 항시 깔끔했고, 영어를 잘했다. 영어 시간에 지명을 받으면 붉은 꽃 이파리 같은 입술을 달싹이며 정확하게 혀를 굴리며 영어책을 읽어 내려가는 그녀의 치명적인 매력으로 인해 영어선생님은 가쁜 숨을 몰아쉬었다. 얼굴까지 벌게지면서. 선생님도 그녀의 어쩔 수 없는 미모에 반사작용을 하는 것이겠지. 아무튼 그녀는 너무 이뻤다.

미림이는 머리 한가운데에 가르마를 타고 다녔는데 동양미를 간직한 고전적인 미인이었다. 외국 배우 진 시먼스(Jean Merilyn Simmons) 같은.

그녀들도 거울을 보면 자기가 예쁘다는 것을 알았을 테니까 서로 의식하며 질투심이 있어서 그런지 친하게 지내지는 않았다.

나는 졸업을 하고 미인대회가 열릴 때마다 그녀들이 나오지 않을까 기대했지만, 끝끝내 그녀들은 나타나지 않았다. 그래서 생각했다. 성형하지 않은 순수 미인들은 저런 대회에는 나오지 않는구나.

 내 나이 70이 가까워져 오는 지금, 옥희, 미림이가 어떻게 변했는지 얼굴 한번 보고 싶다. 우리들의 공주였던 그녀들의 모습은 어떠할까?

노노 케어 老老 care

노인이 노인을 돌본다는 구호를 내걸고 각 마을 복지관에서 밑
반찬 배달 사업을 한다.

올해도 65세 이상 노인들을 상대로 우리 동네 복지관에서 여자
20명, 남자 7명을 선발했다.

일주일에 세 번. 2~3시간 정도 거리에 대상자를 정해 두고 복지
관에서 반찬을 받아 대상자 집까지 배달해 주는 배송 업무를 맡
게 된다. 보수는 한 달에 27만 원이다.

평생 주부로 살면서 남편에게 돈을 타서 쓰다가 내 마음대로
쓸 수 있는 용돈을 벌게 되니 이게 웬 떡이냐 싶기도 하고, 정말
이지 눈이 번쩍 뜨이게 신이 난다. 게다가 강제로 걷는 운동까지
시켜 주니 이거야말로 일거양득이 아니던가?

요즘은 센 언니가 뜨는 세상이다. 일용 엄마 김수미를 보아라.
그녀는 연기는 물론이요, 요리 솜씨도 일품이고, 욕도 잘하지만,
글도 잘 쓴다.

옛날에는 암탉이 울면 집안이 망한다지만 지금은 약간 센 여자
들이 오히려 집안을 일으킨다.

남편만 돈 벌라고 바깥으로 내몰지 말 일이다. 돈 못 번다고 구
박하고, 삼식이라 지청구해서 아내가 좋을 게 뭐가 있나.

이 세상에 아내 말 안 듣는 남자는 없다. 100명의 남자에게 "아내 말을 전적으로 듣는 사람은 흰 깃발 아래로, 도통 아내 말을 안 듣는 남자는 푸른 깃발 아래로 모이시오." 했더니 흰 깃발 아래에는 99명의 남자가, 푸른 깃발 아래에는 1명의 남자가 줄을 섰다. 진행자가 그 1명의 남자에게 "당신은 간도 커요. 아내 말을 안 듣는 이유를 좀 압시다."라고 물었더니 "오늘 아침 집을 나서는데 마누라가 '여보! 오늘 꿈자리가 사나우니 사람 많은 데는 절대 가지 마세요.' 하대요. 그래서 여기 섰는데요." 하더란다.

요사이 기가 살아난 나는 남편에게 "오늘 달순이(배달일) 가는 날입니다." 하면 그이는 "조심해서 잘 다녀오시오."라고 대답한다. 그 말이 참 따뜻하고 달게 느껴진다. 남이 볼 땐 얼마 안 되는 돈이지만 나 스스로 벌었다는 것, 참 대견한 일이다. 그러니 65세 이상의 주부들이여! 배송 업무를 담당할 그대들을 해마다 복지관에서 뽑을 예정이니 공채 입사한다고 생각하고 도전해 보시라.

발원 發源

잠이 안 와서 뒤척이다 에라 모르겠다 하고 용기를 낸다. 풍성한 곤색 운동복과 꺼병이 모자를 쓰고 집을 나선다.

경전철 곤제역 근처 개천에는 크고 작은 피라미, 송사리, 버들치, 꺽지, 꾸구리들이 살고 청둥오리 가족이 터를 잡고 있는데, 가끔 왜가리가 나타나서 물고기 사냥하는 모습을 보게 되면 그 실력에 감탄사가 절로 나온다.

그놈은 경중한 키로 물가를 어슬렁거리다가 포획할 물고기를 포착하면 순식간에 벼락 치듯 물고기를 낚아챈다. 고요히 정지해 있다가 전광석화처럼 치러 내는 의식이 경이로울 뿐이다. 참 먹고 산다는 일은 사람이나 짐승이나 위대하다.

외모가 좀 허술해 보인다고 만만히 볼 놈이 전혀 아니기에 왜가리, 그 이름을 다시 외운다.

이 부용천은 편편하게 포장되어 한없이 이어져 있기에 자전거나 도보로 운동하기에 참 알맞다. 주민들은 수시로 걷기 운동을 하고 견공들은 열심히 주인들을 따라간다. 가끔 개 목줄을 안 채우고 나오는 사람에겐 나는 듣기 싫은 소리를 좀 해 준다. 더불어 함께 사는 세상이지만, 우선 사람이 먼저이니 개가 사람의 진로를 방해해선 아니 되고, 공포심을 느낄 사람에게 위협적인 존재가 되어서는 안 되지 않을까.

이곳은 내 마음의 발원지이자 나의 금맥이다. 글이 되질 않아 끙끙거리다가도 이 길만 걸으면 자연스레 그분이 오신다. 글을 불러오는 정령 말이다.

이 세상에서 모든 것을 다 갖춘 사람은 없다고 한다. 일테면 건강, 돈, 배우자 복, 자식 복, 명예 등이다. 나는 배우자 복, 자식 복도 있고 그런대로 괜찮은 건강도 있는 것 같은데 흔하게 쓸 돈복은 없는 것 같다.

지금 시대는 헤게모니도 없고 전 세계가 경제만 파고드는 세상이니 돈복이 없는 것은 치명타가 될 수 있지만, 세 끼 먹을 양식이 떨어지면 두 끼만 먹고 영감, 할멈이 납작 엎드려 있자고 약속하였다. 그분이 가끔 오시는 발원지를 걸으며 헛꿈일망정 남에게 피해를 주지 않기에 즐거운 망상에 잠겨 본다.

잘 익은 아이들이 놀고 간 하루

저녁에 부용천을 어슬렁거렸어요. 그리움에 허기가 져서 숏대 고리를 반지 삼아 요리조리 돌리면서 천천히 걸었어요. 빠르게 걸으면 그리움에 체할 것 같아서. 장맛비에 불어난 냇물이 튼실한 허벅지로 촬촬 뛰어가네요. 마구마구 뛰어가네요.

저러다 넘어질라. 하늬바람에 머리 감아 말리고 단정한 맵시의 들꽃 무리가 우릴 배웅하는데, 이에 질세라 잔별들도 듬성듬성 숨바꼭질 채비를 합니다. 오늘도 온종일 혼자서 씨부렁거리고, 혼자 밥 세 번 먹고 치우고, 혼자서 TV 보다 뒹굴다 혼자 하염없이 서성이는데, 그때 아이스크림 몇 개 사 들고 급한 걸음으로 빨리 오세요.

"춘자야. 잘 있었냐?" 하면 "쇠돌이 오빠! 왜 이리 늦었노. 땀 냄새난다. 빨리 옷 벗어라. 등목해 주게." 하니 하하 호호 철버덕 철버덕 등목 소리 요란합니다.

개구쟁이 소년이 할배가 되었어요.

새침데기 소녀가 할매가 되었어요.

그리고 둘이 만나 좋아했대요. 오래오래 사랑했대요.

이젠 누렁 호박처럼 익을 일만 남았어요. 범벅, 부침개, 떡 등 호박 음식 만들어 널리 널리 여럿에게 나누어 먹여야겠지요.

나의 람보르기니 *Lamborghini*

20년 된 그랜저를 없애고 2014년 2월에 출고된 YF 쏘나타를 샀다. 그 차는 캐나다에 이민 가는 조카가 타던 차인데, 남들이 볼 땐 별거 아니지만 난 그 차를 람보르기니라 부른다.

이탈리아의 유명한 스포츠카, 40억 이상을 호가하는 그 차와 약간은 닮은 듯하다고 착각을 하면서.

솔직히 말하자면 우리 집 형편에 와 준 것이 고마워서, 그 이름이라도 격상해서 부르자 싶어 그런 애칭을 붙인 것이다.

길치에다 전혀 운전을 못 하는 나는, 집중해서 운전하는 남편 옆의 조수석에 비스듬히 드러누워 창밖을 바라본다.

6월의 신록은 아직 무성한 초록빛이 아닌, 결 고운 녹색의 행진이다.

사람으로 치면 막 청년기로 넘어온 풋풋함에 싱그러운 미소가 절로 나온다.

우리 집에서 아프리카 문화원을 거치고 광릉 수목원을 지나 봉선사까지 왕복 연비가 7,000원 정도라니 참 다행이다 싶다. LPG 차라 그 덕을 본 셈이다.

7월 봉선사 연못에는 연꽃이 일품인데, 어찌 된 일인지 수련과 연꽃이 많이 없어졌다.

　다행히 연못 귀퉁이에 오소롯이 피어있던 수련에서 분홍색 꽃 봉오리가 몇 개 고갤 디밀고 있었다.

　그것으로 아쉬움을 달래며 법정 스님이 노스님을 뵙기 위해 자주 들렀던 요사채를 쓱 둘러보다 연못에 눈길이 멈춘다.

　비단잉어들이 검푸르게 살이 쪘다. 스님들이 고기를 잡숫지 않으니까 잡아먹힐 일 없는 그들은 우리보다 팔자 좋은 놈 있으면 나와 봐! 하며 유유히 물속을 유영한다.

　심히 느긋해 보여 좋다. 남편을 끌고 들어간 편의점에서 멜론 맛 아이스크림을 두 개 사서 하나씩 빨아 먹어가며 경내를 돌아다닌다. 얼굴에 주름이 짙게 드리워진 나이라 그런지 행동이 참 자유롭다. 젊었을 땐 느껴보지 못했던 만족감이다.

　나의 바람은 일주일에 1~2회 정도 람보르기니 신세를 지고 편안한 드라이브를 즐겼으면 좋겠다는 것이다. 나의 애마 람보르기니여! 그렇게 해 줄 수 있나요? "예스."라면 고맙고.

키스

　구스타프 클림트(Gustav Klimt)의 〈키스〉라는 작품을 신문에서 보았다. 선정성은 없어지고 만화 같은 판타지가 느껴지는 재미있는 그림이었다. 그런 표현이 만인의 공감을 얻을 때 예술 작품으로 승화되는 것이 아닐는지. 흔하게 보는 드라마에서, 내용과 연결이 안 되는 지점에서, 그것도 내 눈에는 못생겨 보이는 주인공이 수시로 해대는 입맞춤은 보기 싫다. 차라리 우리가 하는 게 낫지 싶다. 아름다운 그림에서 나오는 순애보 속의 선남선녀가, 간절한 그리움으로 애를 태우다 나누는 절절한 입맞춤은 참 보기 좋다. 대리 만족을 느끼며 감성이 치유되는 것 같아 아름다운 꿈속으로 빠져든다. 특히 선수는 탤런트 박시후다. 〈공주의 남자〉에선 애잔하게, 〈검사 프린세스〉에선 뇌쇄적으로, 〈가문의 영광〉에선 정직하게. 잘생긴 외모로 표현하는 그의 키스는 가히 압권이다. 두 영혼이 간절한 합일점을 찾아 격렬하게 교류하는 순간의 터치. 꽃잎이 포개지듯 타오르는 칸나 빛깔의 로맨스가 키스 아닐까?

더위 나기

7월 17일이 초복이고 27일이 중복이다. 여름 더위치고는 최고라는 복날이 7월에 두 번이나 있으니 바짝 정신 차려야겠다.

나는 성미가 급하고 남보다 피가 뜨거워. 겨울보다 여름 나기가 더 힘이 든다. 그러다 보니 나 나름대로 약간의 준비가 필요하다. 늦은 봄에 이불 위에 깔고 잘 홑청을 손질한다. 밥풀을 망에 넣고 손으로 누르고 밀고, 누르고 밀고 하여 되직하게 풀을 만든다. 홑청에 풀을 먹여 초벌 발 다듬이, 중간 발 다듬이, 마무리 발 다듬이를 수백 번, 수천 번 한다. 백옥같이 하얀 면 천은 매끈매끈하나 부드럽고, 부드러우나 탄력 있는 촉감을 주는 홑청이 된다. 민소매 티를 입고 그 위에 벌러덩 드러누우면 맨살보다 더 매끄럽게 감겨오는 개운한 감촉에 기분은 마냥 고조되고, 측면에 세워 둔 선풍기에선 미풍으로 조절된 바람이 목덜미를 타고 내려오던 땀방울을 식혀 준다.

욕실에는 타일 벽을 뚫고 선풍기 한 대를 달아두었다. 볼일을 보면서 바람을 쐬니 그런대로 더위가 상쇄되는 것 같다.

음식은 아이스 커피, 팥빙수, 찬 우유에 시리얼 말아 먹기, 비빔국수 등으로 간소화하였다.

비가 들이치지 않는 날이면 베란다 창문을 열어두고 옆집에 방해가 되지 않게 목소리를 낮추면서, 아침 일찍부터 밤늦도록 아파트 현관문을 열어 놓는다.

푸른 하늘 너울 쓰고 작열하는 태양 아래서, 피보다 예쁜 색깔의 수박 화채를 먹다가 이야기할 상대가 있어 도란도란 이야기꽃을 피우다 보면, 여름도 생각만큼 밉지는 않다.

이름이란

　내가 간직하고 있으나 정작 귀한 줄 모르는 자기의 이름 석 자, 이영숙. 우리나라 여자 이름 빈도수 랭킹 1위에 드는 영숙이란 이름. 한때 교회에서 영숙이가 6명인 고로 나는 '이영숙 C'로 불리니 꼭 짝퉁 같아 보이고, 기분이 좋지 않아 교회에 가기가 싫을 정도였다.

　이름에 대하여.

　야산 들녘 옹기종기 피어있는 들꽃 중에 험악한 이름으로 위세를 떨친 삼총사가 있으니 이름하여 개불알꽃, 며느리밑씻개, 말씹조개다.

　아침 이슬 굴리기도 힘에 부치는 살 거리.

　가냘픈 웃음소리.

　눈시울이 뜨거워지는데,

　이름하여 개불알꽃, 며느리밑씻개, 말씹조개라니.

　어느 무명 시인은 한탄하였다.

　될 수 있는 한 좋은 이름을 지으라고.

　이름대로 운명이 길을 간다면 얼마나 두렵고 무서운가. 그러니 좋고 부르기 쉬운 이름을 가질 일이다.

익어간다는 것

 장마를 준비하던 날씨는 참지 못하고 그 속내를 드러내느라 새
벽부터 어스름까지 비를 뿌렸다. 보슬보슬 내리는 빗줄기는 "나
지구전에 강해요." 하며 조용히 속삭이듯 내려 주었다.

 온종일 내리는 비 땜에 갑갑했는데 마침 빗줄기가 약한 저녁때
쯤에, 에라 모르겠다 하고 빵모자에 우의를 걸치고 개천가를 걸
어 보았다. 연인인 듯한 커플이 귀엣말을 속삭이며 걸어온다. 불
어난 황토물 위로 샤사샥 다이빙 솜씨 뽐내는 청둥오리 한 마리.
그도 사춘기를 막 지난 나이라 온종일 내리는 비가 짜증 나 좀이
쑤셔서 나왔겠지.

 사람이나 동물이나 극한의 정감이 일어나는 볼티지(voltage)는
비슷한 것 같다.

 언젠가 키우던 닥스훈트종 애완견을 데리고 드라이브를 한 적
이 있다. 의정부에서 광릉 수목원까지 숲길 드라이브하는 것을
유독 즐기는 내 품에서, 애완견은 열어둔 차 유리창에 얼굴을 박
고 코를 벌렁거리며 그렇게 좋아할 수가 없었다. 옆에서 바라보자
니 마치 입꼬리가 올라간 것이 개가 웃고 있는 것처럼 보였다.

 "개처럼 살라."는 말이 있다. 그들의 행동엔 거짓이 없다. 배고
프면 밥 먹고, 배부르면 싸고, 졸리면 잔다. 집안의 서열을 정확히

판단하고 서열 1위에겐 충성을 바친다.

　나이 들어가는 것을 늙는다고 하지 않고 익어간다는 표현을 할 때, 그 어감이 너무도 좋다.

　"나이 들면 입은 다물고 지갑은 열라."는 말이 있다. 젊은 사람에게 훈시 조로 잔소리는 적게 하고 자기가 가진 것을 베풀라는 말이겠지. 그렇게 익다 보면 인생 마무리는 괜찮을 것 같다.

꽃자리

"너 앉은 자리가 꽃자리다."라는 말이 있다. 구구절절 체험이 담긴 말이다.

신산스러운 살림살이, 육신의 병, 가족 간의 불화 등 탄식이 절로 나오는 생활이지만, 기회가 되어 잠시 흠모하던 다른 사람의 삶을 살아 보라면 얼마 지나지 않아 어이쿠! 내가 오히려 낫다 싶을 때가 올 것이다.

일례를 들어 조선 시대 왕후들을 보아라(주로 드라마나 책을 통해서). 정사로 바쁜 왕은 얼굴조차 보기 어렵고, 밤마다 처첩과 비빈 순례 때는 질투심마저 감추어야 한다. 아들이 있다면 다음 보위를 위한 세자 자리를 놓고 배다른 자식들과 암투를 마다하지 않아야 한다. 어차피 "넘치면 모자람만 못하다."라는 말은 "모자람은 넘침보다 낫다."는 경우가 될 수도 있다.

흙수저로 태어난 지극히 서민적인 우리들. 태생부터 무한히 자유로운 영혼이니 자기가 가진 것에 만족하고, 남의 것 탐하지 말고, 자족하며 살아갈 일이다.

여우비가 지나간 수락산 봉우리엔 초경 치른 딸아이의 거웃 같은 수줍은 조개구름 몇 점이 갈까 말까 망설이고 있다.

부용천의 물비린내가 샤워를 마친 들풀과 한 몸이 되어 싫지 않은 지분 냄새를 풍긴다.

내가 매일 걸으며, 바라보고, 때론 통정하고 함께하는 이들이 있는 이 자리가 꽃자리인 듯싶다.

책 발간에 즈음하여

내가 좋아하고(글 쓰는 일) 하고 싶어 하는 일(책 출간)이 점점 커져 버렸다.

글은 나 혼자 썼지만, 책이 나오기까지는 무수히 많은 사람의 수고가 뒤따랐다.

출판사 교정을 보는 팀으로부터 내가 보낸 약간의 출간 선수금이 들어간 직후 직원들이 조촐한 회식을 하게 되었다는 말을 전화로 전해 들었다.

뭉클, 피어오르는 책임감과 우려가 잠을 설치게 한다. 그리고 내린 결론은, 무명작가의 글을 쾌히 출간해 주는 출판사에 손해를 끼쳐서는 안 되겠다는 것이다.

수많은 출판사가 태어났다가 사라지고, 책을 사서 보는 사람의 수는 점점 줄어들고 있다. 책은 지식 산업의 파생물이라 그 분야는 먹물께나 먹은 사람들이 머무르는 직종이다. 가방끈이 길지 않은 내가 작가를 해 보겠다고 그분들께 콜을 신청했다. 답신이 왔다. 의기투합하여 함께 고민하고 매니저인 남편과 힘을 합하여 책을 만들게 되었다.

"이 물건을 우예 팔아야 할꼬?"

내가 아는 모든 지인에게 텔레마케팅을 했다. "북랩에서 『첫사

랑을 위한 송가』라는 시집이 나왔어요. 읽어 보고 괜찮다 싶으면
입소문 좀 내주세요." 하고. 그리하여 한 1,000부라도 독자가 읽어
준다면 면이 좀 서겠다.

기적도 기적처럼 일어나니까!

굴포 문학회

인천에 거주하는 아줌마들 사오십 명이 모여서 문학 공부를 하고, 합평회도 하고, 봄, 가을이면 문학기행을 다녀오는 문학 동호회가 바로 굴포 문학회다.

오랜 전통을 가진 단체인데 내가 무지렁이 주부로 살아오다 이 단체에 들어가서 그녀들과 교류하며 같이 했던 세월이 한 5년 정도 된다.

이곳에서는 기본 소양이 되는 문학 공부를 하고 시, 소설, 수필, 평론 등 작품을 써서 합평회를 한다.

회원이면 누구든지 이 합평회를 피해 갈 순 없다.

서로서로 작품을 지적해 주는 일명 '난도질 시간'에는 눈물이 찔끔 날 때도 있다. 그러나 아무도 토를 달지 않는다. 그래야 작품 실력이 쑥쑥 자란다.

그녀들은 등단하고 유수의 출판사에서 책도 많이 출간했다.

그리하여 지적 자부심이 대단하다. 해마다 발간하는 「굴포 동인지」는 그 지방의 명물이다. 미운 오리에서 백조가 되는 놀라운 변신은 봄, 가을마다 명소를 탐방하는 여행에서도 싹을 틔운다. 자청하여 샐러드, 과일, 안줏거리들을 장만하고 후원금도 두둑이 낸다. 나이 순서대로 선배님, 선배님 하며 예의를 갖춰서 서로를 대접한다. 벼가 익으면 고개를 숙인다고, 좋은 글을 쓰는 사람은 행동도 아름답다. 교양 있는 후배들의 극진한 대접을 받을 때는 내 몸과 마음이 치유되는 것을 느낀다.

글을 쓰는 행위는 겸손한 자기 자랑이라지.

엄마와 아내라는 이름을 거두고 자기가 좋아하고 잘할 수 있는 분야에 집중하여 조용히 익어 가는 그녀들이 오늘따라 무한히 그립다.

만약에

우중충한 날씨와 비례해 몸 여기저기가 아프다.

그러니 깜찍 발랄한 상상이라도 해서 처진 기분을 전환해야 겠다.

만약에, 내 책이 잘 팔린다면 출판사에서 소감 한마디 들어보자고 할 것이고, 그러면 나는 "그림을 잘 그리는 손녀딸에게 여러 가지 색깔이 있는 크레파스와 이젤을 사 줄 수 있어서 행복해요." 라고 대답할 것이다.

한평생 돈 걱정을 해야 하는 신산스러운 삶을 살았는데, 69세에 비로소 내 힘으로 돈을 벌어 손녀에게 선물을 사 준다. 참 꿈같은 이야기다. 그래도 꿈꾸는 동안은 얼마나 행복한가?

만약에 20억 원짜리 로또 복권에 당첨된다면?

만약에 100억 원의 유산을 조상으로부터 물려받는다면?

이 두 건의 '만약'은, 거의 0%의 확률이다. 그러나 '내가 글을 써서 책을 간행하자 생각 외로 독자들이 많이 사서 읽으니 책값의 20%로 인세가 들어온다' 그런 상상은 5% 정도의 확률이 있는 건 아닐는지.

이 따분하고 지리멸렬한 세상에서 한 줄기 햇살 같은 그런 즐거운 상상은 정신건강에도 좋을 것 같다.

J에게

잘 지내시지요?

어제는 어릴 적 친구 몇 명이서 팔당 쪽 식당에서 콩 요리를 먹으며 아름다운 낙조를 보면서 수다를 떨다 왔어요. 모두 그 시간이 황홀했다네요.

좋은 풍광 속에서 좋은 사람들과 맛난 음식을 먹으니 문득 그대 생각이 났어요. 어렵게 딴 자동차 면허 숙달이 되면 동이만두에서 식사하고 수목원 드라이브시켜 주세요.

지금 한창인 단풍이나 붉게 타올랐다 사라지는 해넘이도, 우리 또래인 것 같아 그냥 처연하게 즐깁니다. 모든 고통스러운 이별에는 사랑하던 행복한 순간이 씨앗처럼 들어있나 봅니다.

저는 배달 일이 체질인 것 같아요. 목적이 있어 외출하니 보람도 있고, 첫 봉급을 타서 친정어머니께 용돈을 보냈는데 회를 사 드셨다네요. 그 말이 얼마나 고마운지요. 이곳 반찬 배달을 하는 27명의 사람 중에 93세의 할머니가 있어요. 얼마 전에 본 광경인데, 그 할머니가 사탕을 까서 배달 일을 관장하는 직원의 입에 사탕을 넣어 주더라고요. 나름대로 잘 보이려는, 그래서 내년에도 뽑아 달라는 노력 같아 보였어요. 그 나이에도 기를 써서 일하고 싶어 하는 심정이 느껴져서 많은 생각을 하게 했답니다.

우리 계절밥상에서 만나 맛있는 밥 먹고 재미있는 이야기 나누
어요. 카톡 주세요.

지나 이야기

그녀가 아들을 낳고 그 아들이 4살이 되었을 무렵, 남편의 직장이 인천에서 부산으로 바뀌게 되었다. 그래서 회사 옆에 보증금 10,000원에 다달이 6,000원씩 월세를 내는 방을 구했다. 남편봉급 40,000원에서 시부모님 생활비로 25,000원을 송금하고 나서 15,000원으로 세 식구가 생활하려면 정말 빠듯했다.

그녀는 자식 욕심이 있는 편이라 아이를 포기하지 못하고 둘째를 가지기 위해 노력했다. 체온계를 사서 배란일을 체크하고 하루하루 그래프를 그려나갔다. 한 일주일쯤 그렇게 하던 중 어느 날 아침에 일어나 부엌으로 밥하러 나오다가 입에 물고 있던 체온계를 떨어뜨리고 말았다.

그날부터 체온을 재지 않는데, 계산해 보니 그달부터 아이가 들어선 것 같았다.

임신 초기부터 입덧이 심했던 그녀는 동네 아주머니가 해 주던 우거짓국, 상추쌈 등이 입에 당기고 첫아이 때 그렇게 먹고 싶던 고기는 별반 당기지 않았다. 아마 둘째가 딸이었기에 그랬나보다 싶다.

그녀는 커다란 바늘이나 폐건전지로 얼음을 잘라내어 수박 화
채 만들어 먹는 것을 즐겼다.

임신한 지 10달째를 며칠 넘긴 어느 날, 새벽 2~3시쯤 진통이
와서 산파 집에 갔다. 5시 20분경에 딸아이를 낳았다. 큰애는 3.9
kg, 둘째 아이인 딸은 2.8kg이었다. 큰아이에 비해 너무 작았지만
아이는 작게 낳아 크게 키우라는 말에 위로받을 수밖에 없었다.

산파 집에서 집으로 돌아온 지 몇 시간 후에, 그녀는 소스라치
게 놀랐다. 아이가 경련을 일으키더니 동공을 뒤집으며 수액을
입으로 토했다. 그녀는 다락에서 자던 남편을 부르고 한바탕 난
리를 쳤다.

후에 의사에게서 뱃속에서 좋지 않은 물질을 뒤집어쓰고, 먹고
하다가 출생한 뒤에 그것들을 토해내는 것은 나쁘지 않은 것이라
는 말을 듣고 안심했다.

아이의 이름은 '지나'라고 지었다. 백일도 되기 전이었지만 또랑
또랑한 눈망울을 굴리며 입은 영어 발음으로 "오우!" 할 때 모양으
로 동그랗게 말고 있는 아이였다. 주위를 둘러보면 동네 아줌마들
은 큰애보다 더 이쁘다고 칭찬 일색이었다. 그러나 엄마인 그녀의
마음은 편치 않았다.

남편이 자타가 공인하는 호남에 미남인 고로, 딸아이도 역시
미인이 나오겠거니 했는데 엄마 마음엔 좀 미흡하다 싶었다. 그래
서 아침에 목욕시킨 아이를 남편이 퇴근할 시간에 맞추어서 다시

목욕시키고, 새 옷으로 갈아입히고 얼굴에 파우더를 발라 주었다. 지나가 4살 때, 양품점에 걸린 초록, 배추색, 검정 물방울무늬의 비로드 천으로 만든 판탈롱 스타일의 옷이 너무 예뻐서, 매일 옷이 팔렸나 안 팔렸나에 촉각을 곤두세우며 그 가게의 쇼윈도를 기웃거렸다.

남편을 조르고 달래어서 옷값을 받아내어 추석빔으로 그 옷을 사 입혔는데, 짧은 머리와 함께 너무도 잘 어울렸다. 내친김에 지나를 데리고 '주부 백일장'에 참석했다. 지나의 양손에 꽈배기를 쥐어 주고 그녀는 글쓰기에 여념이 없을 때, 지나는 과자를 오물거리면서 나비처럼 팔랑팔랑 풀밭을 뛰어다녔다. 보라색 구두를 신고서.

지나가 한글을 깨친 7살 땐, 아침이면 그녀는 지나의 머리 위에 분무기로 물을 뿌리고 예쁜 방울을 달아 토끼 머리, 트위스트 머리 등을 해 주었다. 그러면 지나는 밖으로 나가지 않고 거실 소파에 앉아 책을 읽었다. 위인전, 세계 백과사전 등.

그녀가 무리해서 할부로 구입한 책이지만 지나는 끊임없이 책을 읽었다.

동네 아줌마들의 야유를 들으면서도 그녀는 지나를 유치원에 보내지 않았다.

교육비를 아끼겠다는 엄마의 욕심으로 그랬던 일이지만, 지나는 유치원에 1~2년 다닌 아이들보다 우수했다. 지나는 공부를 곧잘 해서 그녀가 자모회에 참석했을 땐 엄마에게 육성회장이란 타이틀이 붙게 되었고, 그 이듬해엔 체육진흥회장이란 감투를

쓰게 되었다. 이름값으로 마련해야 하는 찬조금이 걱정되긴 했
지만 어쩌랴, 아이가 똑똑한걸. 그 타이틀을 감수할 수밖에 도리
가 없었다.

지나가 여고 1학년 때는 대학생 오빠 이름으로 서류를 내다가
곁가지로 지나 이름도 넣었는데 오빠를 제치고 장학생이 되었다.
매년 60만 원씩 두 번 장학금을 받았고, 대학에 가선 180만 원을
받았다.
지나가 장학금을 받는 날은 부모도 초청하는 관계로 그녀의 어
깨에도 힘이 들어가고 코스 요리도 거하게 나와 자식 잘난 덕을
톡톡히 누렸다.

지나는 학비가 저렴하나 취업이 보장된 국립대학에 입학하고,
한 달 가까운 기간 동안 친척의 빵 가게에서 아르바이트를 했다.
그녀는 대학교 4학년 졸업 때까지 중고등학생에게 수학, 영어를
가르치고 매달 100만 원 가까이 보수를 받으면 그중 70만 원은 집
안에 내놓곤 했다.

그녀가 대학교 1년 때 미팅에서 만난 사람과 7년 동안 연애하고
결혼할 때도, 지나는 친정 부모에게 손 벌리지 않고 직장에서 대
출을 받고 그동안 저축한 돈을 보태서 자력으로 결혼했다. 그리
고 얼마지 않아 대출금도 다 갚았다는 낭보를 친정집에 전해 주
었다.

지나가 아들을 낳을 때의 일화 한 토막이다.

시댁 어머님이 중학교 가정 선생님 출신이라 인품이 넉넉한 분이어서, 첫 손자를 낳을 때 며느리를 산실로 인도하는 역할을 하리라 작심하고 있었단다.

어느 날 며느리에게서 전화가 와서 "어째, 진통이 오냐? 내가 곧 가마."라고 했더니 "어머니, 저 아들 낳았어요."라고 지나가 대답했단다.

산기가 있다는 다급한 전화도 아니고 초산인데 벌써 아이를 낳았다니, 시어머니는 황당하고 아주 섭섭했다고 한다. 며느리가 순산해서 좋긴 좋았지만.

그것은 친정엄마의 희망 사항을 순순히 들어준 지나의 참을성이 아니었을까?

"아이를 낳을 때도 네가 고통스럽다고 주위 사람 괴롭히면 못쓴다. 의연히 대처해야지. 호들갑 떠는 것은 보기에도 좋지 않더라."

지나는 7박 8일 여름 휴가로 미국 서부지역을 다녀오다 면세점에서 좋은 가방을 사서 엄마에게 선물했다.

부부의 인연도, 부모와 자식 간의 인연도 각별한 사람들이 있다. 상대의 진심을 이해하고 묵묵히 맞춰주는 사람이 있다.

어느 날 엄마인 그녀가 딸인 지나에게 고백했다.

"내가 이 세상에 와서 잘한 일도 없는데, 너 같은 딸이 내게 와 주어 너무나 영광스럽고 고맙다."

24K

어느 날, 그 아이가 왔다. 누리끼리하고 촌스러운 얼굴을 하고서. 그 아이는 잘 먹고 잘사는 동네에서 왔음에도 세련미는 없었고, 오히려 부황 든 모습이었다. 그러나 별 볼 일 없던 그 아이의 집안은 요 몇 해 전부터 신흥 재벌의 기미를 보이더니, 이젠 전 세계가 찬탄하는 고급스러운 가문이 되어 버렸다.

그의 몸값은 천정부지로 치솟아서 그를 확보하기 위한 전쟁 아닌 전쟁을 전 세계가 치르고 있다. 그의 이름은 24K, 또는 황금이라고 한다. 귀하게 자란 이 아이 서 돈을 손가락에 감고 다니는 요즈음, 괜히 허리가 곧추세워지고 다리에 힘이 들어간다.

현금이 없는 위급한 상황이 발생하면 즉시 변통이 되니 다이아몬드가 부럽지 않다.

값이 쌀 때는 촌스럽다고 가까이하지 않았으나 실속 있는 요즈음엔 성형하지 않은 자연미가 멋져 보인다. 그래서 오래 살고 볼 일이다. 음지가 양지 되고 양지가 음지 되는 뒤죽박죽 세상의 이치가 재미있기도 하다.

나의 양생법養生法

양생법에 관한 나의 지론은 "가진 것보다 더 많이, 더 크게 즐기며 살자."다. 건강, 친구, 취미, 여유 자금 등 가진 것도 적은데 마음 씀씀이마저 왜소하고 초라해져서 위축된 삶을 살아간다면 내 인생이 너무 억울할 것만 같다.

궁여지책이긴 하지만 꽤 쓸 만하고 괜찮은 생각이다 싶어 나만의 회심의 미소를 지으며 모든 생활 방식을 이 범주 안에서 계획, 또는 실행을 한다.

소비가 하늘을 찌르는 자본주의 사회이지만 생산이 적으면 소비라도 줄여야 수지타산을 맞출 수 있다. 그러니 알뜰한 소비에 관심을 가질 수밖에 없다.

요즈음 내 기분은 사치를 즐기다 단두대의 이슬로 사라진 비운의 프랑스 왕비 마리 앙투아네트(Marie Antoinette)처럼 사는 것 같은 착각에 빠져 매우 만족스러운 기분이다.

내 양생법의 일등공신은 아침저녁으로 50분 정도씩 걷는 산책이다.

날이 밝으면 6층에서 20층까지 계단으로 올라간다. 다시 20층에서 1층으로 승강기를 타고 내려와 집에서 가까운 경기북부청사로를 향해 걷는다. 걸으면서 '아침에 남편과 함께 먹을 반찬은 무엇으로 하나?', '오늘 외출은 어디로?', '집안일은 어떤 부분을 해야 하나?' 등 별 쓸데없는 생각들을 풀었다 조였다 하다 보면 귀갓길에 오르게 된다.

아직 우리나라는 수돗물값이 저렴한 편이라 나는 이틀에 한 번씩 욕조의 1/3이 찰 정도로 더운물을 받아서 라벤더 향의 입욕제 한두 방울을 떨어뜨리고 목욕을 한다.

또한, 일주일에 한 번은 얼굴의 각질 제거를 하고 달걀노른자로 마사지를 하는데, 그렇게 하면 화장하는 데도 도움이 되고 가격 대비 만족도도 큰 편이다.

옷은 10,000원 정도 하는 가격으로 보세 가게에서 디자인이 특이하고 편안한 옷으로 가끔 구매하고 30년 이상이 되어도 마음에 드는 옷은 수선하여 입는다.

화장품은 교사인 딸이 가끔 사다주는 것도 쓰지만, 동네 화장품 가게에서 파는 중저가품을 써도 피부 트러블이 전혀 없다.

연세 90세가 넘은 친정어머니가 "여자는 옷장에 입을 옷이 그득하고 화장품 그릇에 화장품이 차 있으면 그만 기분이 좋아진단다."라고 하셨다. 정말 그렇다. 여자에겐 옷과 화장품이 절대적이다.

언젠가 읽은 글에서 나온 내용이다. 사회적으로 명망 있는 사위가 세미나, 출장 등의 사유로 외국을 빈번하게 다녔는데, 그럴 때마다 아내에게는 화장품과 보석을 선물하고 나이 80이 넘은 장모에게는 꼭 주방 기구를 사다 드렸다고 한다. 어느 날은 출장을 다녀오는 길에 너무 바빠서 장모 선물을 사지 못해서 아내에게 줄

콤팩트를 마음속으로 '에라, 모르겠다' 하며 장모에게 선물했다.

그걸 받아든 장모가 사위를 끌어안고 환호작약하며 "어휴, 우리 사위가 최고야, 최고!" 하며 그렇게 기뻐하더란다. 이 나이에 무에 이런 걸 사 오냐는 힐난이라도 들을 각오를 하고 있던 사위가 어안이 벙벙한 가운데서도, 80세가 넘은 여자에게도 화장품은 경이로운 물건이라는 사실을 깨우쳤단 이야기다.

여자는 맨얼굴의 외출보다 일단 화장을 하고 나면 자신감 비슷한 것이 생긴다.

먹거리로는 밥 외에 쑥떡, 인절미에 꿀을 조금 바르고 녹차나 블루마운틴 커피 한 잔으로 기분을 고양시킨다. 엄정행의 〈목련화〉 한 곡이라도 듣고 나면 소화도 잘되고 참 좋다.

사는 게 무엇인가?

순간순간 살아 있음을 느끼고 희로애락의 비의를 포용하여 받아들이는 일. 그러자면 자기 분수에 맞고 실천이 가능한 자기만의 양생법을 각자 터득할 일이다. 운동, 수면, 좋은 먹거리 섭취, 좋은 생각, 좋아하는 일 등을 적당히 잘할 일이다.

오늘도 쉰 김치에 돼지고기 앞다릿살을 넣고 김치찜을 하여, 나의 유일한 남자친구이자 애인인 남편과 함께 즐겨야겠다. 이렇게 사는 나를 설마 단두대에 세우겠는가?

사랑의 유효 기간은 720일

TV를 보니까 무슨 광고 아래에 자막으로 '사랑의 유효 기간은 720일'이란 글귀가 클로즈업된다. 720일이면 2년이 좀 안 되는 기간인데, '20대에서 80대 이후로 하늘나라 가기까지 50년 이상씩 해로하는 부부들은 그동안 무엇으로 살았는가?' 하는 의문이 들기 시작했다.

"너, 나 좋아하니?"

"응. 나 너 좋아해."

"너, 나 사랑하니?"

"응. 나 너 사랑해."

서로의 눈에 콩깍지가 잔뜩 낀 두 남녀가 나이고, 국경이고, 돈이 있고 없고 따지지도 계산하지도 않고 무조건 같이 살고 싶은 마음에 덜컥 결혼부터 해 버린다.

남남끼리 만나 한 공간에서 밥 먹고, 놀고, 잠자고를 반복해야 하는데 어찌 불협화음이 없을 수 있으리.

사소한 마찰과 다툼은 필요조건이고, 상대방의 행동거지가 예뻤다가 미웠다가를 반복하는 것은 당연한 일이지 싶다.

나이가 드니까 두 가지 운명은 확실히 보인다. 세상의 아름다움이 벼락 치듯 눈에 들어오고, 봄이 가고, 여름이 오고, 가을 가고,

겨울 오고, 아침이 지나면 또 밤이 오는, 모든 자연 현상 사이로 다가오는 죽음이 보인다. 그러므로 이 세상에서 가장 위대한 종교 같은 친절함을 마음에 새겨서, 배려하는 마음으로 서로를 감싸 주어야 부부 생활이 행복해진다.

조화로운 삶을 이루며 담담하게 나이 들어간다는 것은, 젊음보다 더 원숙하고 멋진 일이다. 사소한 것에 감동하고, 서로가 당신을 만난 것은 내 인생의 축복이요 하며 모든 것을 이해하고 다독이는 삶이 행복한 결혼 생활을 만드는 첩경이다.

시바타 할머니

몇 해 전, 100세의 나이로 사고를 친 일본의 시바타 할머니 생각이 난다.

그녀는 자비로 『약해지지 마』란 책을 출간하여 엄청난 반향을 일으켰다. 두 가지 이유에서였다.

첫 번째, 100세라는 연세와, 두 번째, 시의 내용에 인생의 관조가 배어 있어 울림이 있었기 때문이다.

꿈은 평등한 거야
나 괴로운 일 있어도
살아 있어 좋았어

당신도 약해지지 마
약해지지 마

_ 〈약해지지 마〉 中

나 말이야
사람들이 따뜻하게 대해 주면

마음속에 저금해 놓고 있어
외로워질 때 그걸 꺼내 힘을 내는 거야
당신도 지금부터 저금해 봐
연금보다 나을 테니까

_ 〈저금〉

돌아보면 삶은 언제나 빛나는 설렘이다. 삶은 덧없는 것 같지
만, 매 순간 없어지지 않는 아름다움이며 따뜻한 응시 속에서 빛
난다.

이 세상의 모든 오지에도 천국이 숨어 있다. 증오는 용서하면
사라지고 분노는 이해하면 녹아버린다.

엄밀한 잣대로 평가할 때, 시바타 할머니는 삼류 시인이라 말할
수도 있다.

그래도 오만과 편견으로 평가하기보다 그 진정성에 감동하면
되는 것이다. 우리가 알게 모르게 고수들은 삼류라는 이름으로
숨어 있다.

100세의 시바타 할머니.

노벨 문학상을 받은 폴란드의 국민 시인 쉼보르스카(Wislawa
Szymborska) 할머니가 내 인생의 롤모델이다. 그녀처럼 떨림이 있
는 시를 쓰고 싶다.

미웠다가 예뻤다가

　내 남편은 서울 마포구 아현동 출신이고, 나는 경남 마산 출신이다. 나는 애교도 없고, 말씨도 투박하고, 웃을 때는 웃음소리가 집 밖을 넘어갈 정도로 크게 웃는다. 내가 문을 열어 놓고 큰 목소리로 떠들면 그는 "쉿! 조용히."라며 손가락 하나를 느낌표처럼 세워 내 입에 갖다 댄다. 옆집에 들릴 것을 우려하며. 그러면 아차 하고 목소리를 조금 낮추어 조곤조곤 이야기하는 척하면 그 자리는 무마가 된다.

　지병인 허리 병 때문에 화장실 변기 닦기가 힘이 들어 그이에게 앉아서 소변을 보면 어떨까 하는 제의를 해 보았다. 마침 그즈음에 탤런트 최민수가 아직도 서서 용무를 보는 간 큰 남자가 있냐며 사회자에게 반문하는 장면이 TV에서 공개되었다. 그도 그 인터뷰를 좋게 보았는지, 선선히 그러마 하였다.

　가끔 화장실 문을 열어 놓은 상태에서 조심스레 변기에 앉아 소변을 보는 그를 보면 웃음이 나오고 기분이 좋아진다. 약속을 지키는 게 고마워서.

　가끔 김치 담그는 게 하기 싫을 때 "김치 좀 사다 주세요."라고 말하면 "전철 공짜인 내가 가야지."라고 대답하며 쾌히 다녀올 땐 무척 사랑스럽다. 그러나 틀니를 전용 컵에 넣지 않고 양치 컵이

나 바가지 등 아무 곳에나 방치하는 것을 보면 좀 얄밉다. 그 틀
니 모양이 처음에는 무서워서 눈도 못 맞추었는데 이제 적응이 되
니 좀 봐줄 만하다. 그래도 특히 불만인 것은 모처럼 뷔페에 갈
때다. 가면 샐러드에서 메인요리에 후식까지 4접시 정도 먹어야
하는데, 그는 2~3접시가 고작이다. 배두렁이를 적게 가지고 태어
나서 더 못 먹겠다는 것이다. 그럴 땐 좀 밉다.

이렇듯 상대방의 행동에 따라 예뻤다가 미웠다가를 반복하며
사는 게 결혼 생활이다. 혹자는 그래서 미운 정, 고운 정이 든다
지 않는가? 그래도 상대방이 싫어하는 행동은 될 수 있는 한 자제
하는 것이 부부 원칙 제1조다.

4계명

첫째, 무엇을 달라는 청원 기도보다 이미 받은 것에 대한 감사 기도를 더 많이 하자.

둘째, 늘 당연하다고 여겨지던 일들이 기실은 기적 같은 일임을 놀라워하고 감탄하는 연습을 자주 한다.

셋째, 자신의 실수나 약점을 너무 부끄러워하지 말고 솔직하게 인정하고 되풀이하지 않으려고 노력할 것.

넷째, 속상하고 화나는 일이 있을 때는 흥분하기보다 '모든 것은 지나간다'는 것을 기억하면서 어질고 순한 마음을 지니도록 애쓸 것.

나는 나의 4계명을 암송하며 아침저녁으로 걷기 운동하고, 노래 교실 가고, TV 드라마를 시청하고, 유튜브로 유명 강사 강연을 듣고, 조용필의 명곡을 가끔 들으며 냉장고 문을 열어 있는 재료 다 꺼내어 요리 만들어 먹고, 큰소리로 웃으면서 나이 들어간다.

구기자 음료

이 지구상에 존재하는 음료 중에 가장 음흉한 맛을 지닌 것이 구기자차다.

소화 촉진, 지방간 억제, 양기 보충, 근육, 뼈 강화, 눈 맑게, 치매 예방, 마지막에는 내가 좋아하는 식욕 억제 기능까지 있다고 하여 구기자차를 끓이게 되었다.

시장에 가니 중국산은 15,000원, 국산은 조그만 되로 30,000원에 팔고 있었다. 아파도 입맛은 줄지 않은 죽일 놈의 입맛 때문에 항상 살과의 전쟁을 치른다.

건조시킨 국산 구기자 반 주먹 정도를 압력밥솥에 넣고 약불에 3시간 정도 끓인다. 그 맛은 겨드랑이(암내)가 밴 것 같기도 하고 시적지근한 맛이 가미된 맛이다. 나는 이름하여 음흉한 차라 부른다.

차게 식혀 유리잔에 담아 놓으면 핀잔들은 미소년의 발그레한 볼 빛깔 같은 고운 모습이다. 그러나 한 모금 마셔 보시라. "음~음~ 아~ 아~ 아~!" 타잔의 비명이 새어 나온다.

자평 自評

초고랍시고 써 두었던 글을 다시 수정해 본다.

글 쓰는 재주는 조금 있는 것 같은데, 서툴다. 서툴다. 아주 서툴다. 그런데 재미가 있다.

내 남은 삶의 구원투수인 글쓰기. 남들은 자식이 100만 원이 넘는 옷을 세일해서 80만 원에 사다 주었다느니, 남편하고 14박 15일 유럽 여행을 다녀왔다느니 하던, 그 자랑스러운 말들이 귀 밖에서 윙윙거린다.

불에 덴 듯 열에 들떠서 뭔가 끄적여 놓은 글들은, 옷매무새 가다듬고 경건한 자세로 앉은 내가 요모조모로 수정을 한다. 그 글들은 속옷 안의 맨살을 보이는 거 같아 부끄럽지만, 남에게 피해를 주지 않고 내가 즐거우니 힘든 줄 모르고 그 일을 반복하는 것이다.

그리고 글쓰기는 젊었을 때 회구와 동경이란 단어를 바쳤길래, 그 원을 풀기 위해서라도 마구마구 달려가는 것이 아닐까?

『첫사랑을 위한 송가』라는 시집을 내고, 『나는, 내가 정말 좋다』라는 작품집을 내고, 『아랏차차 암탉이 기합을 넣을 때』 시집과 『청라언덕』 소설을 합하여 합본을 내고, 다시 시집 『떨림』을 간행하면 갈급한 건 면할 것 같다.

사랑보다 더 아름다운 일은 없다

그녀가 제 삶에서 떠나갔네요.

다 내 잘못이에요.

나는 비난 받아 마땅해요.

나는 솔직하지 못했어요.

그녀의 사랑 없이는 전 살 수가 없어요.

내 인생에

빈자리가 생겨 버렸어요.

나의 꿈들은 모두 다 사라지고

난 폐인처럼 살고 있어요.

날 용서해 주세요.

그대, 제발 나를 살려 주세요.

나의 심장은 당신 거예요.

날 용서해 줄 수 있나요.

내가 당신에게 했던 모든 것을요.

그대여, 떠난 사랑을 후회하며.

_ 〈She's gone〉 中

심장이 터질 듯한 고음으로, 절규하듯 사랑 노래를 부르는 밀젠코(Miljenko Matijevic)의 모습은 아름다웠다.

이 지구상에서 해볼 만하고 꼭 한 번은 해 봐야 하는 일이 있다면 바로 사랑 아닐까?

양질의 기운이 다 빠져나가고 허깨비 같은 몸만 살아 있다면, 그에게 불어 넣어줄 기는 사랑이다.

지금 프랑스 대통령 마크롱(Emmanuel Macron)은 부인과의 나이 차가 24살이다.

그러나 둘의 애정전선에는 나쁜 함량이 미치지 못하는 일등 부부의 전형을 보여 준다.

남녀의 사랑은 나이, 국경, 외모, 지식, 돈과는 아무 상관이 없는, 무법지대에 존재하는 것 같다.

두 사람이 오순도순 서로 위하고 아끼며 살아가는 모습은 따라 하고 싶을 만큼 아름답다.

두 사람이 한시도 떨어질 수 없이 안타까워하면, 한 사람이 또 한 사람을 찾아 애태워 할 때는 보는 사람의 애간장이 다 녹는다. 그들을 감히 누가 떼어 놓으랴.

지구가 끝나는 날까지, 검은 머리가 파 뿌리가 되어도 멈출 줄 모를 것이다.

오, 사랑이여!

평생 남편에게 생활비를 타 쓰면서 만져보지 못한 목돈을 배달 일하며, 인생의 낙조 길에, 그것도 내 힘으로 모았다면 얼마나 보람 있는 일일까.

이런 기회를 준 나라의 정책에 감사하고 그 일을 할 수 있도록 음으로, 양으로 지원해 준 그이에게 고마움을 느낀다.

수기 저축은행

오늘은 나의 첫 직장 예비 소집일이다. 내가 존경하는 여성은 경제력이 있는 여성, 운전할 줄 아는 여성이다.

나도 오늘부터 내가 그토록 흠모하던 여성의 대열에 서게 되는 거다. 그것도 나이 육십구 세에 당당하게. 남들이 적은 급료라고 비웃어도 상관없다. 그 나이에 무슨 아르바이트냐? 해도 괜찮다.

무언가 마음먹고 시작한다는 것은 귀하고 옹골찬 의지의 표상이다.

첫째, 돈을 좀 모으면 동네 기공사(속칭 야매)에게서 의치를 맞추고서 우여곡절의 불편함을 겪고 있는 남편에게, 치과에 가서 제대로 된 의치를 하라는 격려금으로 그 돈을 내어놓고 싶다.

둘째로는 아르바이트로 모은 돈은 일절 쓰지 않고 내가 주주로 있는 1인 저축은행인 '수기(숙이) 저축은행'에 80세 이후까지 목표액 1억 원을 채우고 싶다.

요즈음은 녹색 가로수의 싱그러운 자태에 눈길을 빼앗기기도 하면서 걷는다. 월, 수, 금요일, 일주일에 3번, 2~3시간 정도 일하면 27만 원의 급료가 통장으로 지급된다. 매달 5일에 내 이름 석 자로 오롯이 적립되는 금액이 쌓이고 쌓이는 것이다. 정말 따사로운 소리가 들리는 듯하다. 내년에도 이 일을 하기 위해 지자체의

복지 정책에 관심을 가져야겠다.

한 가지 아쉬운 점은 대상자 어르신의 나이가 구순을 훨씬 넘겼는데, 자주 만날 수 없어 우유 배달 주머니에 반찬을 넣고 올 때는 걱정이 될 때도 있다는 점이다.

'날씨가 더워 냉장고에 넣어 놓고 잡수셔야 할 텐데…' 하는 걱정. 그런 걱정에도 불구하고 맛있게 드시고 건강해지셨으면 하고 바랄 때 이 직업에 보람이 있다.

달순이*의 하루

동네 송산복지회관 노노 케어 사업단에서 반찬 배달 일을 하는 나에게 내가 붙인 별명이 바로 '달순이'다. 같이 교육을 받고 이 일을 하게 된 동료가 내게 물었다.

"어째, 할 만합니까?"

"네. 체질 같아요. 쉬는 날은 심심해요."라고 대답했다.

47년 차 주부로서, 그렇게나 많은 시간을 가정의 소비를 위해 전력투구해 온 공은 인정되지만, 생산성 있는 일은 해본 적이 없지 않은가 말이다.

회관에서 지급받은 반찬을 들고 경전철을 타면 새말이란 곳에서 내려 꽃동네 대상자 집으로 향한다. 요즈음은 한여름이라 차양이 넓은 모자에 선글라스는 필수품이다.

2인 1조가 되어 대상자 집을 방문하는데, 다행히 맘이 통하는 동료가 친구가 되어서, 이 얘기, 저 얘기 주절이다가, 아파트 베란다 틈에서 자라는 토종 채송화의 매혹적인 자태에 넋이 빠질 때도 있다. 미지의 세계를 구경하기 위해 대가리를 디밀고 있는 댕댕이 덩굴 같은 오기로, 먹이를 찍고서 고공 낙하하는 독수리의

---

* 배달 일을 하는 나의 애칭

눈매로, 무당의 걸신들린 춤사위로 시의 세계에 접근하고픈 나의
꿈을 위해서도 생계에 도움이 되는 이 일이 필요하다.

여행

오래전에 죽은 그와 함께 여행을 다녀왔다.

동네 강둑을 걷는 1시간 안팎의 거리였지만, 그는 분명 살아 있
었다.

내가 생각하는 그는 분명 죽었는데, 살아 있었다.

크고 빛나는 눈을 가진 그는

부드러운 음성으로 뭔가 간절히 호소하기도 하고

때론 호쾌한 웃음을 날리기도 했지만

고막을 타고 소리는 들리지 않았다.

그윽한 눈길로 압도하는 그가 마냥 좋아서

죽은 그가 살아난 게 마냥 기뻐서

그를 놓아버리지 않으려고 나는 길길이 뛰었다.

그와 함께한 여행은 짧았으나 처연했고, 순간이나마 시공을 초
월하여 함께하였으므로 아름다웠다. 짧았으나 긴 여행이었다.

시를 왜 좋아하냐고?

시는 감성의 회오리가 활화산처럼 타오르다 그 파고에 못 이겨 언어라는 몸짓으로 표현되기 때문에 마성이 강한 것 같다. 실의와 고난도 힘이 되고 안락과 평화도 덕이 된다. 적어도 시의 세계에서는 그렇다.

특히 불면의 밤에 피어나는 가지가지 상념들이 있다. 우리를 웃고, 울리고, 고뇌하고, 울부짖고, 감격에 벅차오르게 하는 삶의 비의들. 그 몸짓들.

의도치 않은 돌발행동 같은 것도 시를 쓰게 하지만, 감성의 회오리가 촉발되지 않으면 한 문장도 시를 쓸 수가 없다. 해일처럼 일어나는 뜨거운 그 무엇이, 어렵사리 찾아와준 시의 정령들의 안내를 받을 때만 시를 쓸 수 있다.

그 순간 나는,

신발 끈을 다시 묶고 아부하는 심정으로 박차고 오르는 연어의 몸짓 같은 간절함으로 시의 세계에 들어서는 것이다.

도도히 흐르던 강의 입술도
우리들의 위험한 만남에
바짝 타들어 가고
구릿빛 혀가 자주 보였다.

이쯤 하여
비 님이 오셔야 할 것 같다.

독자들이여!
이 글도 시가 될 수 있을까요?
대답 좀 해 보세요.

그

나는 왜 그(좋은 글쓰기)에게 무작정 끌리는 것일까?

그의 앞에만 서면 한없이 작아지고, 대책 없이 떨리고, 글을 다 쓰고 나서 읽어보면 왜 부끄러운 것일까? 그 오랜 시간 동안, 왜? 왜?

그는 나에게 천국인가, 지옥인가? 종교인가, 구원인가? 아니, 아니.

그는 나에게만은 성역이고, 친구이고, 애인이고, 미워할 수 없는 나의 라이벌이다.

그 오랜 세월, 타고나지 못한 재주로 좋은 글을 써 보겠다고 염원한 적이 있었다. 문자가 주는 진실성, 감동, 문장의 광휘. 그 매력에 취하여 방관자로만 살다가 그 길을 버리고 직접 문자를 만들어 보는 일에 뛰어들었다. 겁도 없이.

그런데 말이지. 겁이 없으니 비스름한 형체는 이루어졌다. 시집 『아랏차차 암탉이 기합을 넣을 때』, 『청라언덕』이라는 성장 소설, 시집 『첫사랑을 위한 송가』라는 책을 간행했다.

내가 그에게 탐닉하게 된 계기를 고백하고자 한다. 내 나이 29세쯤 되던 해, 시삼촌, 시숙부, 사촌 시누이 둘, 시부모님, 아이들 셋까지 도합 11식구가 16평 단독 주택에서 살았다. 우리 집안의 유일한 수입원인 남편은 전국을 도는 식품 회사의 영업 사원이었다. 주로 타지에서 생활하고 집에는 한 달에 한 번, 한 달 보름 만에 한 번 정도 토요일에 집에 와서 월요일 새벽에 다시 근무처로 출근했다.

내가 이별이 아쉬워서 막내 아이를 업고 제물포역에서 그를 배웅하면, 고린내 나는 양말, 속옷 등을 말끔히 세탁해서 챙겨 준 가방을 메고 얼굴 가득 웃음을 머금고 그는 떠나가곤 했다. 집에서 아이들 키우고 식구들 수발을 들다 보면 몸은 항시 녹초가 되기 일쑤였다. 그 순간도 벼락 치듯 다가오는 그에 대한 그리움으로 먹먹했었다.

가사 일이 끝나고 아이를 재워 놓고 책 대본소에 가면, 법정 스님의 『무소유』, 박경리의 『토지』, 박완서의 『엄마의 말뚝』 같은 읽을거리가 진열되어 있었다. 내가 빌려 와서 읽고 발췌 및 초록하는 글은 주로 법정 스님의 글이었는데, 무심한 듯 흘러가는 진솔한 내용에는 몸과 마음에 대한 동정이 여과 없이 드러나고, 특히 언행일치가 되는 부분이 있어 참 좋게 느껴졌다.

신영복의 『감옥으로부터의 사색』은 넓고 깊었으며, 스펙트럼이 웅장한 문체에서 뿜어져 나오는 기를 받고 싶은 심정이었다. 그리고 진솔하고 유장한 장영희의 수필, 개성 있는 김점선의 글도 있었다.

박완서의 『꼴찌에게 보내는 갈채』 속엔 주부가 사회에 대한 인식을 뚜렷하게 하는 데 있어서 우리들의 각성을 일깨우는 점이 있는 것 같아 감명 깊었다.

남에게 전혀 피해를 주지 않으면서 나 자신을 고무시키는, 내가 좋아하고, 하고 싶어 하는 일 하나쯤 하고 산다는 것은 모름지기 신나는 일 아니던가?

나는 오늘도 잠깐 눈을 붙였다가 밤 12시 20분경에 일어났다. 어제 사 온 깐 마늘을 믹서에 갈고, 아욱잎을 야무지게 씻어 풋내를 빼고 국을 끓이고, 쑥갓나물을 무치고, 갈치를 굽는다. 수입 세네갈산 갈치는 몸집만 크지 맛은 없다. 그래도 제주도 은갈치가 제대로 된 갈치 맛이 난다.

내가 쓰는 글이 좋은 글이라고 단정 지을 수는 없다. 그러나 좋은 글을 희구하는 나의 바람은 잡생각을 버리고, 몸가짐을 바로 하고 경건하게 만나고 싶다는 것이다.

그대여!

오늘도 나는 대책 없이 그댈 사랑한다는 맹세를 아니 할 수가 없겠다.

말(언어)

누가 그랬다. "펜은 칼보다 강하다."고.

누가 그랬다. "한마디 말로 천 냥 빚을 갚는다."고. 맞는 말이다.

"떡국은 드시었소?"

"해가 바뀌었으니 지면으로라도 새해 인사를 합시다. 올해도 당신 건강하게 잘 지내요."

어떤 등신은 이 허접한 문장에 최면이 걸려 일생을 그에게 바쳤더래요. 식품 회사의 영업 사원으로 전국의 여관이란 여관은 제 집처럼 드나드는 가장이 있었다.

본가에는 어린 신부가 있었는데, 몸이 성치 않은 시부모님을 모시고 아이들과 씨름하는 아내가 애처롭고 고맙기도 하여, 미안한 마음으로 편지를 썼다.

언젠가 그 아내가 고백했었지. 아이를 가져 입맛이 변해버린 그녀에게 그가 겨울날 부모님 몰래 품 안에 품고 온 밀면, 육수 따로, 면 따로에 감동했다고. 그리고 "떡국은 드시었소?"로 시작되는 그 편지 말에 발목 잡혀 일생을 그에게 헌신한다고.

말의 위력이 그렇게 무서울진대 이 세상의 남편들이 아내에게 평소에 달콤한 말도 좀 연구하고 개발하여 꼭 필요할 때 써먹으면 얼마나 좋누.

매니큐어

왼 손톱은 중앙에 새빨간색, 그 옆으로 남색과 노란색을 대칭으로.

오른 손톱엔 중앙에 검은색, 그 옆으로 황금색과 녹색을 대칭으로 칠하면, 숫공작이 깃을 펼칠 때처럼 화사한 색상이 채색된다.

강렬한 피카소(Pablo Picasso)의 그림을 좋아하고 70세 넘어 노벨문학상을 받은 폴란드의 국민 시인 쉼보르스카의 빨간 매니큐어 칠한 모습이 나의 롤모델이었으므로, 나는 오늘도 매니큐어를 즐긴다.

가사 일을 하다 보면 페이스트리 빵처럼 바스러지는 손톱이 뭉텅뭉텅 잘려나갈라치면 참 속상하다.

의사에게 상담하니 선천적인 거라 어찌해볼 도리가 없다고 한다. 그래도 뭉툭한 손톱이나마 잘 손질하고 색색으로 매니큐어를 칠해 주면 손톱도 좀 강해지고 손도 예뻐 보인다.

이 시대는 색깔의 시대라고 해도 과하지 않다. 옷, 화장품, 자동차, 일상용품 등 어느 것에도 채색의 비중이 크다 하겠다.

"집과 여자는 가꾸어야 한다."는 말이 있다. 채색이란 중심, 또는 근본을 보호하기 위한 바람막이 같은 것이다. 주군을 보호하기 위해 앞장서는 가신의 의무 같은 것이다.

나는 칠하고 나면 멋도 있고 손톱도 보호되는 매니큐어를 칠하는 시간이 새롭다.

마스크 팩

콜드크림으로 마사지하고, 스킨, 로션 바르는 것만으로 기초화장을 다 했다고 할 순 없다. 이것만으론 화장이 잘되지 않는다. 그래서 보완책으로 마스크 팩을 붙이는데, 이게 상승효과를 주는 묘한 매력이 있다.

싼 것, 비싼 것, 마스크 형태의 도안, 마스크가 흡수하고 있는 스킨의 용량까지 체크해서 선택한 것이 감자 팩이다. 값이 저렴하고 쉽게 구할 수 있어 하루를 마무리하는 시간에 20분 정도 얼굴에 붙여 놓는다.

화장 안 한 얼굴로는 공동묘지 방문도 어렵다는 친구들의 우스갯소리가 과장이 아닌 이 나이에 화장은 우리들의 변신을 도와준다.

마스크 팩을 붙이고 잔 날과 그렇지 않은 날의 화장발은 확연히 차이가 난다. 마스크 팩을 붙인 날에는 그렇지 않은 날보다 화장이 잘 먹힌다는 것이다.

파운데이션이 튀어나오지 않고 얼굴에 도포가 곱게 된다는 말이다. 그럴진대 여성들, 아니 남성들도 틈틈이 마스크 팩을 하여 젊어졌으면 한다. 나의 특급 영업 비밀은 값도 저렴하고 효과도 탁월한, 신선한 달걀노른자 두 알로 하는 마사지를 꼭 권하고 싶다.

임계질량의 법칙

사전을 찾아보니, "임계질량의 법칙: 어떤 핵분열성 물질이 일정한 조건에서 스스로 계속해서 연쇄반응을 일으키는 데 필요한 최소한의 질량을 말한다."라고 적혀 있다. 기다림의 미학을 염두에 둔 말이지 싶다.

우리가 그토록 회구하는 행복이란 무엇인가?

행복의 조건에는 다음과 같은 것들이 있다.

첫째, 사랑하는 사람이 있다.

둘째, 내일을 위한 희망이 있다.

셋째, 나의 능력과 재능으로 할 수 있는 일이 있다.

이런 것이 있고, 삶에는 저마다의 굴곡이 있기 때문에, 어떠한 조건에서도 나가떨어지지 않고 돌파하려면 반드시 변압기가 있는 행복 충전소를 거쳐야 한다.

행복 충전소를 통과하면 길길이 뛰던 화도 삭고, 원망, 증오, 분노 같은 어둠의 자식들이 개과천선하여 행복해지고 싶은 에너지로 바뀌게 된다.

행복은 많고 큰 데서 오는 것이 아니라 지극히 사소하고 아주 조그만 데서 찾아온다. 조그만 것에 대한 잔잔한 기쁨과 고마움

같은 것이 찾아올 때 그것을 이름하여 행복이라고 한다.

누군가를 기쁘게 해 주면 내가 기뻐지고 누군가를 언짢게 하거나 괴롭히면 나 자신이 괴로워진다. 마음의 뿌리가 메아리를 일으키기 때문이다.

65세가 넘으면 우린 이미 젊고 파릇파릇한 생명을 누린 사람들이다. 인생의 기쁨과 즐거움을 이해하고 자기 몫으로 주어진 일을 모두 마쳤으므로, 비록 공포, 질병이 찾아온다고 할지라도 임계질량의 법칙을 통과하여 숙성되었기에 걱정이 없다는 것이다.

임화는 말하였다.

자고 새면
이변을 꿈꾸면서
나는 어느 날
무사하기를 바랐다.

_〈자고 새면〉中

이리저리 흔들리는 인간의 마음, 그리고 이중성. 나도 잘 모르겠다. 그러나 매화나 벚꽃처럼 일찍 피는 꽃도 있고, 국화같이 늦가을에 피는 꽃도 있으므로 그것은 각자의 개성이지 운명은 아니다. 그리고 그것이 설사 운명이라 할지라도 그 운명은 신이 아닌 내가 만들어야 하지 않을까?

"행복은 위에서 견주면 모자라고 아래에서 견주면 남는다."는 말이 있다.

삶은 더 없는 것 같지만 매 순간 없어지지 않는 아름다움이며 따뜻함이 차고 시린 것을 녹인다.

삶의 찬란한 빛은 눈부시다.

오직 한 번뿐인 삶이기에.

시의 공화국

우리나라 사람들의 가슴에는 벌겋게 달구어진 인정이라는 불씨가 있다. 누군가 거기에 바람을 불어넣어 준다면, 작은 바람에도 선홍색으로 활활 타오른다. 그 불꽃이 견딜 수 없이 뜨겁고 아름다운 심성으로 변하여 꽃이 핀다. 그러므로 시의 공화국인 대한민국에서는 누구나 시를 쓰고 누구나 시인이 된다.

좀 더 체계적으로 접근하자면 우선 글의 중심에, 거침없는 포효로 다가간다.

사유의 깊이를 더하고 생동감 있는 영상미를 집어넣는다. 리듬감 있는 음악성을 부여하고 다시 과감한 절제를 하면 멋진 시 한 편이 된다.

그리움의 물결이 꽉 차올라 터질 듯할 때, 어떤 일에 전압이 확보되어 볼티지가 있게 되는 글. 그것이 시다.

시인은 죽어서 구름의 언어로 제 심장에 묘비명을 새긴다는 말이 있다.

서정시는 자기 자신에 대하여 말한다.

산문시는 말의 파도에 몸을 맡긴다.

시는 있는 것을 파내는 행위보다는 없는 것을 향해 마구 투사될 때 더욱 성숙해진다. 여기까지 이지향의 글을 읽어준 보답으로 내 시를 한 편 소개한다.

바위산

천길 벼랑에
구를지라도
님 따라서라면
못 갈라고

감랑 밭에
허우적거릴지라도
님하고라면
못 갈라고

이끼 낀 바람이
늑간을 넘나들고
굽이치는 물살에
뼈가 씻겨도

님 오시면
일어서겠다고
하늘 턱을 괴고 앉아
연자 맷돌이 된 그대

어째, 연애 시 한 편 쉽죠이!
시의 공화국에 사는 우리는 모두 시인이다.
시를 씁시다, 시인들이여!

욜로 *YOLO* 족

'인생은 한 번뿐'이라는 뜻의 'You Only Live Once'에서 앞글자를 딴 신조어인 '욜로(YOLO)'는 미래에 저당 잡히지 말고 현재를 즐기자는 삶의 태도를 의미한다.

욜로는 자기의 이상을 실현하고 경험적 가치를 중시하는 지금의 행복을 위해, 즉 정신적·정서적 충만을 위해 무엇이든 한다.

이런저런 자극도 받고 스스로 깨쳐서 그런지, 요즈음 노인들은 제법 기지가 있다. 지니고 있는 전 재산인 집도 자식에게 물려주지 않겠다는 사람이 대부분이다.

집값이 한 5억 원 가까이 되면, 역모기지로 집을 담보로 하여 죽을 때까지 생활비를 지원받을 수 있다. 병 수발을 빌미로 자식들에게 부담을 주기 싫어 수입에 맞는 요양원을 알아보기도 한다.

아름다운 인생 마무리를 행복하게 하기 위해서는 항상 준비하고 있어야 한다는 말이다. 다른 사람을 의식하지 말고 지극히 나답게 살아가야 할 것이다.

내가 보석처럼 아끼는 나의 베스트 프랜드인 그녀는 여성성이 두드러져 아름답고, 배려심도 타고났다. 그리하여 왈각달각 좌충우돌하는 나를 안심시킨다. 그냥 그 모습으로 나를 옴짝달싹 못하게 한다는 말이다.

우리가 노래 교실을 다니며 가무를 즐길 때 그녀는 조용히 커피를 타고, 쓴 커피를 마시기 전에는 시럽을 섞어 준다. 찐 고구마, 뻥튀기 등을 챙겨와 미소를 머금고 우리에게 권한다.

춤을 춰 보라고 등을 떠밀면 주저 없이 스테이지에 올라가 격렬한 아줌마 춤사위로 흥을 돋운다. 우아하고 새침한 이미지를 가진 사람이 그러니까 더더욱 재미가 있다.

고로 그녀는 진정한 욜로족이다. 그런 그녀를 보는 내 마음은 심장이 쿵쿵 뛰는 듯하다. 우정이란 이름으로 두 개의 몸에 깃든 하나의 영혼으로 결속된 친구이니까.

베프여!

그대는 내가 인정한 진정한 욜로족이요.

장딴지(허벅지) 미학

배흘림기둥은 기둥 가운데가 위아래보다 더 굵어 전체적으로 불룩한 모양을 나타낸다.

나는 남보다 굵은 허벅지를 가진 탓에 항상 이를 마뜩잖게 여겼는데, 무량수전 배흘림기둥이 기둥 가운데를 위아래보다 더 굵게 제작하는 기법을 통해 만들어졌다는 것을 알고 나서 불만을 날려 버렸다. "앗싸 가오리!"

떨어져 본 적이 없는 입맛 때문에 다이어트는 매일 생각만 하고 산다. 하루에 섭취하는 열량이 권장량보다 적을 때 살이 빠진다는 것은 삼척동자도 다 아는 사실이다. 넘치는 열량을 운동으로 빼면 간단하지만, 운동 또한 맘먹은 대로 하게 되지 않는다.

하늘은 표정이 밝고 긍정적인 사람에게 복을 내려 준다기에, 그 어떤 상황에서도 비관적인 생각은 품지 않았다. 항상 희망을 품고 열심히 일하고 즐겁게 먹었더니 살이 쪘다.

신체의 일부 중 허벅지는 차로 말하면 배기관 구실을 한다지. 아마 연소 통의 용량이 넉넉하면 안정감이 있어 더 건강하지 않을까?

하체는 99 사이즈가 편안하여, 어디 99 사이즈 바지 없나 하고 허랑허랑 헤매고 다닌다.

파주 기행

설마리 전투 전적비가 있는 파주 적성면에서 야외 예배를 드렸다. 하얀 로만 칼라가 어울리는 목사님은 찔레 향이 아찔한 공터에서 멋진 설교를 하셨다.

오후에는 비가 온다는 예보가 있어서 그런지 적당한 채광과 시원한 바람이 모처럼의 나들잇길을 축복해 주는 듯했다.

그곳은 녹색과 푸른색이 파노라마를 펼치고 있었는데, 숲이 몽실거리는 머릿결을 뽐내고 있을 때 그 몸체들은 쭉쭉 빵빵한 키로 도열하고 있었다.

영화 〈콰이강의 다리〉에서 열연한 영화배우 데이비드 니븐을 닮은 영국군 병사들의 청동 조각상과 각종 전적비가 잘 보존되어 있었다.

막 솜털이 가신 앳된 영국의 아들들이 자유를 수호한다는 목적 하나로 생판 모르는 나라에서 고귀한 목숨을 바친 것이다.

나의 큰아들도 ROTC 포병 중위로 제대를 했는데, 하필이면 '글로스터 포병대대'도 65년 전에 이곳을 사수하였다. 3일간 밤낮을 가리지 않고 벌어진 치열한 교전 끝에, 연합군이 전열을 재정비하여 역습하는 발판을 이 대대가 마련해 주었다고 한다.

순수하고 뜨거운 피를 가진 청년들의 고귀한 정신은 세계를 초

월하여 전달된다. 우리나라 김운기 대위의 시를 소개하며 글을 마
치고자 한다.

백마고지 잔인한 어머니. 그 품속에서 말없이 누워 하늘의 별을
세는 땅 위의 별들을 본다.
우람한 원시의 생명과, 작은 들꽃의 향기와 새들의 노래 대신,
포탄의 잔해와 화약 냄새와 그 밑의 생명이 별이 되어 쉬고 있는,
그 산은 백마고지.
다시는 생명을 잉태할 수 없는, 다가서고 싶은 그리움도 민통선
에 묶이는 산. 395고지 백마산, 이름 없는 능선이 세계의 역사에
떨친다.
언제면 별들은 고향으로 돌아가고
산은 산으로 돌아오려나.

_ 〈백마고지〉
제9사단 제28연대 제6중대장 김운기 대위

일기 한 자락

올겨울은 춥지 않았다. 작년 여름은 너무 더워서 목덜미에 돋은 땀띠로 고생했었다. 일기 예보는 겨울이 따뜻할 거라 했는데, 예상은 빗나가고 추운 날이 계속되었다. 난방용품 가게는 비상이 걸리고 학생들은 검은 색깔의 롱 패딩을 교복처럼 구입해서 입고 다녔다.

시장의 한 아주머니는 "손님이 덜 와도 좋으니, 눈이 좀 왔으면 좋겠어요. 겨울 낭만이 없잖아요?"라고 했다.

그런 악동 같은 겨울이 그냥 가는 것이 샘이 났는지, 1월 중순부터 2월 초까지는 눈도 제법 오고, 칼바람을 앞세운 차가운 날씨가 이어져 겨울의 매서움을 보여 주었다.

송산복지관에서 연회비 3만 원에 1년 수강료로 1만 원을 내고 노래 교실 등록을 마치고, 꽁꽁 언 강물을 바라보며 다리를 건너고 있을 때 다리 위를 스치는 아는 얼굴을 만났다.

"얼굴이 좋아지셨어요." 하니까,

"영감이 죽어서 그래." 한다.

"영감님이 돌아가셨으면 얼굴이 더 나빠져야지, 왜 좋아져요?" 하니까,

"10년 동안 병 수발들면서 너무 속을 썩였거든. 죽고 나니 시원

해서 그래." 한다.

그녀는 혼자 살면서 아프면 병원 가고 덜 아프면 놀러 다니고 하면서 맘먹은 대로 하고 산단다.

부부란 그런가 보다. 남남끼리 만나서 정으로 살다가 예쁜 짓 하면 예쁘고, 미운 짓 하면 밉다. 그렇게 살아 있을 때 좀 잘하지.

2017. 2. 6.

미라보 다리 아래 세느강은 흐르고 우리들의 사랑도 흘러간다.

_ 〈미라보 다리〉 中

기욤 아폴리네르(Guillaume Apollinaire)

내 고장 식당 탐방기

　평소에 입천장이 홀랑 까지도록 뜨거운 국물을 좋아하는 나는, 우연한 기회에 국 전문 식당에 방문하게 되었다.

　어느 국보다도 더 뜨거워야 제맛을 내는 소 내장탕을 주문했더니, 뚝배기에서 맹렬히 끓고 있는 국이 나왔다.

　그날은 밥 반 공기가 식사량이라 맛있는 국물을 남기고 오게 되어 아쉬웠다.

　며칠 후 급체로 사흘을 앓다가 병원 치료를 마치고 깔깔해진 입맛으로 그곳에 들러 황태해장국을 시켰다.

　알맞게 익어 맛깔 나는 배추김치로 열심히 식사하고 있을 때, 행색이 초라하고 걸음걸이도 어눌한 할머니 한 분이 순댓국을 시켰다.

　싹싹하고 상냥한 아주머니는 할머니 옆에 붙어 앉아 이것저것 챙겨주며 식사 시중을 들어 주었다. 며느리나 조카처럼 아주 살갑게.

　내가 식사를 마치고 황태국 남은 것을 포장해 줄 수 있냐니까 쾌히 그러마 하였다.

　음식 맛도 맛이지만 5,000원짜리 밥 한 그릇을 팔면서도 내 집 같이 편안하고 손님을 귀하게 대접해 주니, 식당 문을 나서면서도 기분이 상쾌했다.

찾아가기 쉽고, 청결하고, 음식도 푸짐한 식당이 정으로 무장하고 우리들을 맞이해 주니, 이런 식당을 가진 산 좋고 물 좋은 내 고장이 더 정겹고 자랑스럽다.

큰맘 할매순대국.

의정부시 민락본점. 031-851-7500.

연서 1

사랑. 사랑. 누가 말했나?

'사랑 없이 살 수 있을까?' 하고 조용히 자문해 본다.

아니, 아니. 나는 그리 못한다.

오만가지 영롱한 빛깔을 내며 현존하는 지구상의 가장 찬란한 보석, 그 사랑을 안 하고서는 살 수가 없다.

그대여!

이 세상과 맞짱 뜨고 싶은 심정으로 살던 나에게 그대의 출몰은 기적이었다고 생각합니다.

나의 툴툴거림, 뾰족함, 참지 못하는 경박성, 배려심 부족 등이 부드러운 그대의 미소에 녹아내리고 온화한 목소리에 마음이 편해졌어요.

그대의 얼토당토않은 칭찬에 위축된 내 자신감이 상승하고, 듣기 좋은 콧노래에 맞춰 〈육자배기〉도 흥얼거리게 되었어요.

날짜에 맞춰 그대가 통장으로 보내준 돈으로 막을 건 막고, 뚫을 건 뚫었어요.

큰돈이든, 적은 돈이든 있는 게 한정인 경제력에 그대는 나의 큰손이거든요.

특히 내가 으스러지는 상념을 끌어안고 글이 써지지 않아 발버

둥 칠 때, 그대가 이렇게 말했지요. "나는 자기처럼 재미있는 글을 쓰는 사람을 알지 못해. 그 글 속에는 당신을 비추는 거울이 있거든. 가장 정직한 건 그 거울이야."

그대의 위무와 격려가 열매를 맺어 이 책도 세상에 나오게 된 거예요.

연서 2

나의 팸퍼링(pampering, 자신의 욕망을 채워주고 응석을 받아주는 여러 가지 활동) 속에는 이틀 걸려 욕조에 물 받아 놓고 하는 목욕이 있고, 방탄소년단의 춤이 있고, 알볼로 치즈피자가 있고, 박시후 주연의 순애보 드라마가 있다. 그리하여 나는 날마다 축제를 준비하고 그 축제를 즐긴다.

축제는 활활 타오르는 장작에 기름을 들이붓는 격이므로 이런 연서(불특정 다수)를 통하여 마음을 다시 격렬하게 일으켜 세워 타오르게 하는 것이다.

좋은 글을 위하여.

내가 향내 나는 마을에 머물렀을 때 그대는 나보다 나이가 많은 데도 멜랑꼴리한 감성으로 기똥찬 시를 쓰시더군요. 거구의 몸으로 곱슬머리 파마를 하고 호방한 웃음을 날리면서 남자 시인들의 기를 꽉꽉 죽이더군요. 그 모습이 경이로워 나는 감히 그대에게 다가가지도 못하고 침만 꼴깍 삼켰어요. 그대는 서정주 시인의 수제자라지요.

뭐니 뭐니 해도 시선(詩仙), 또는 시의 황제는 서정주 아니겠어요?

나는 나보다 영혼의 퀄리티가 높은 사람을 좋아하기 때문에,

그대 곁을 맴돌다가 무심히 흘리는 낱알의 곡식이라도 주워 먹겠
어요.

청출어람이란 말이 있지요. 감히 선생님께 도전합니다. 헤헤헤.

우리가 지향하는 좋은 글은 언행이 일치되게 써야 할 것 같습
니다. 언젠가 미투 운동에 문학가가 연루된 적이 있지 않습니까.
무더운 날씨 건강 잘 챙기시고, 지면으로 발표되는 좋은 글을 고
대합니다.

연서 3

그대와 내가 한참 좋아서 어쩔 줄 몰라 할 때, "이 행복을 시기하는 누군가가 꼭 훼방을 놓을 것 같아 불안해."라고 하였지요.

그 말을 하고 만났다가 헤어졌다가, 자식들도 낳았다가, 싸웠다가 화해했다가를 반복한 세월이 부지기수.

자고 나면 흰머리 비죽비죽 올라오고, 건망증이 심해지고 표피가 쭈글쭈글해져도, 그대!

나를 향한 지고지순했던 그 마음은 아직 살아있지요?

생선을 구워 가시를 발라 주면 그대는 아이스크림을 사 오고, 피곤해서 널브러진 마누라가 깰까 봐 살금살금 라면을 끓여서 먹고 얌전히 설거지하지요.

그 모습이 좋아 보여서 무작정 그대를 쭉 사랑하기로 했어요. 그곳에 갈 때까지.

그곳에서 다시 만나도 또 그렇게 살겠어요.

나의 프러포즈를 받아 주세요!

사랑 고백을 언제까지나 하고 있군요.

건강검진을 받지 못하는 여자

남편이 말했다.

"당신, 보장보험 하나 들어. 보장보험은 건강검진을 받아야 한다네."

그 말을 한 뒤 일주일이 넘어가기 전에 몇 가지 건강검진 체크를 위해 집으로 간호사가 찾아온다는 연락이 왔다. 그러나 이틀째 되는 오늘까지 티격태격 그녀와 의견 일치를 보지 못하고 있다. 유독 의견이 맞지 않는 부분은 방문 날짜보다는 시간이다.

그녀가 찾아온다는 시간은 어느 날은 아침 8시 30분까지 아침밥을 조금 먹고, 오후 1시까지 자기를 기다려 주던지 하라는 시간이다. 또 어느 날은 내가 아침을 굶고 있으면, 자기가 아침 10시 30분까지 우리 집에 와서 건강 체크를 하면 어떠하겠느냐는 둥, 도저히 나와는 맞지 않는 조건들을 제시하는 통에 지금까지 번번이 약속이 깨어지고 있다.

아무리 만만하게 약속 시각을 잡아 보려고 해도, 내가 유독 배고픔을 참지 못하기 때문에 아침을 늦게 먹어야 한다는 설정은 내겐 참으로 고통스러운 일이 아닐 수 없다.

살찌는 것이 싫던 차에 어쭙잖은 다이어트네 뭐네 하는 정보에 잔뜩 주눅 들어, 저녁 6시 이전에 저녁을 조금 먹고 자정쯤에 잠자리에 들면, 아침에는 체면 불고하고 뭐 먹을 게 없나 하고 냉장고를 뒤지게 된다.

아침 6시 30분에 남편을 출근시키고 7시 20분께 세탁기에서 빨래를 꺼낼 때쯤이 되면, 뱃속에선 밥이 들어와 주어야 한다는 격렬한 신호가 수시로 오곤 한다.

날이 잘 선 식칼로 모양 좋게 썰어 담근 양파김치, 갈치속젓 머리에 이고 부추와 에로틱하게 어울린 오이소박이, 퉁퉁하니 살 오른 열무김치, 밀가루 떡칠하고 얌전하게 쪄진 고추 무침 등. 게다가 엊그제 사서 아껴 가며 먹는 명란젓까지 침샘을 자극해 대니 밥 먹고 싶은 요구를 참아내기가 정말이지 힘이 든다.

사람이 식욕, 명예욕, 성욕으로 산다는데 칠십을 바라보는 나이라 성욕, 명예욕은 조금 그렇다 치고 이 식욕은 철학적인 용어를 빌려 '나는 존재한다. 영원히 존재한다'는 속삭임으로 끊임없이 나를 오도하고 있다.

혹자들은 늙어 갈수록 형이상학적이 되어 인품이 고상해진다는데, 나는 몸이 익어 갈수록 생활 습관은 반대로 유치찬란해지나 싶어 식욕이 동할 때마다 조금은 우울하다.

면봉을 사러 가다

처서를 앞둔 하늘, 참 맑기도 하다.

조금 전, 물 빠진 탱자 색깔의 루주를 입술에 색칠할 때만 해도 이중섭의 〈게〉 연작 시리즈 그림의 모델들처럼 구름의 몸이 난분분했었는데, 어라, 지금은 하늘이 수평선이네.

7, 8월 이후 만삭의 둥근 몸짓으로 우리를 풍요롭게 해 주던 숲들이, 자연분만으로, 제왕절개로, 때론 난산으로 후딱 몸을 풀고 나더니 지금은 저마다 요요한 검푸른 색을 띠고 있다.

동네 슈퍼에선 모양 좋은 플라스틱 통에 한 움큼은 족히 될 듯한 면봉을 600원에 팔고 있다. 토요일 알뜰 장에서 재수 좋게 사게 되면 비닐봉지로 포장된 면봉이 1000원에 4봉이다(이문이 얼마 남지 않는 품목이라 그런지 잡화 상인이 마음 내키는 날만 취급하기 때문에 사기가 쉽지 않다).

어제도 광릉 수목원 아기자기한 푸른 길의 드라이브를 마치고 한껏 기분에 물이 오른 남편과 나는, 한 그릇에 오천 원씩 하는 칡 물냉면 두 그릇을 시킨 후에 김범룡의 음악 CD를 틀어 놓고 기분을 좀 내었다. 꺽다리 선풍기 평평 틀어 대면서….

그런데, 오늘은 아침부터 무슨 변덕이 났나? 화장 그릇에 담긴 한 봉지밖에 남지 않은 면봉이 마음에 걸린다. 왜냐하면 요즘 들어 면봉 없이는 화장이 되지 않기 때문이다.

나이가 들고나서부터는 젊은 시절에 하던 화장법이 먹혀들지 않아 좀 거시기한 화장을 하고 있다. 내가 명명한 나의 독버섯들. 이름하여 기미, 주근깨, 검버섯, 검은 딱지, 호시탐탐 세력을 넓혀 가는 홍점까지. 열거하려면 이루 헤아릴 수 없이 많은 얼굴 속의 잡티들이 악을 쓰며 기어오르는 데는 당할 재간이 없다. "나 여기 새끼까지 치며 잘살고 있소이." 하며 맹렬히 뛰어나오는 그들의 행적을 흐릿하게 지우기 위해서는 파운데이션을 그러데이션 기법으로 칠할 수밖에 도리가 없는 지경이 되었다.

파운데이션 포장 공사를 정성 들여서 하고 난 뒤 한두 시간이 흐르면, 얼굴 곳곳 주름진 부위마다 어김없이 실 자국이 생겨난다. 특히 자주 웃고 난 후가 되면 그 몰골이 가관인 지경에 이르게 된다. 물끄러미 거울을 들여다볼라치면 피에로 분장을 한 초로의 할머니가 낭패한 얼굴을 하고 거울 속에 앉아 있다. 사정이 이러할 때 나의 비밀병기가 되어 주는 것이 바로 면봉이다. 그 면봉으로 실개천처럼 뻗어 나간 주름 천을 부드럽게 문질러 주고, 가끔 아이섀도 색 따라 달라지는 눈곱도 떼어 준다. 요지가 없을 때는 반으로 잘라 뾰족한 부분으로 이를 쑤시기도 한다. 참 쓸모도 다양한 면봉이다.

고로, 나는 마을버스 왕복 비용 1,300원을 들이고, 땡볕에 얼굴을 그을리면서, 때론 버스를 타기 위해 20~30분을 기다리면서까지 1,000원에 5묶음 주는 면봉 3,000원어치를 사러 재래식 시장에 간다. 선캡 모자 깊이 눌러 쓰고서.

계산법이 허술해서 좀 남나 싶었는데, 찬찬히 따져 보니 버스비에서 밑지고 있었다. 이런, 어수룩하긴.

하긴 수학 시간이 달갑진 않았으니까.

맛있는 책

『오만과 편견』
『나는 이 세상에 없는 계절이다』
『종소리는 끝없이 새벽을 깨운다』
『살아 있는 동안 꼭 해야 할 49가지』
『냉정과 열정 사이』
『종이 위에 쓰면 이루어진다』
『행복』
『너만의 명작을 그려라』
『백만 불짜리 열정』
『한국의 부자들』

이상 열 권이 요즈음 내가 읽고 있는 책들의 이름이다.

8.15 특집으로 인터넷 서점에서 세일을 한다는 광고를 보고, 남편이 나에게 점수를 좀 따고 싶었는지 원하는 책을 사 주었다.

평소에 난 읽고 싶은 책을 사서 원 없이 읽어 보는 것이 꿈이라고 강조하곤 했으니까. 엉겁결에 꿈을 이루고 사는 아줌마가 되었다.

중학교 1학년 학창 시절, 책 읽기는 참 좋아했는데, 집안 사정으로 늘 맘 놓고 책을 사 읽지 못했다. 그래서 주로 학교에서 쉬는 시간에 용변만 보고 나면 후딱 도서관으로 달려가서 감칠맛 나는 책 읽기에 빠져들곤 하였다. 다행히 맘씨 좋게 생긴 사서 언니에 게 밉보이진 않아서, 읽고 있던 심훈의 『상록수』는 수업 종소리와 동시에 나만의 비밀 장소에 꽂히곤 하였다.

우리 반에선 목욕탕집 딸인 부림이가 학교에 신간을 사 오곤 했는데, 어쩌다 그녀에게 알랑방귀라도 잘 뀐 날이면 『임진강의 민들레』라는 소설을 하루 동안 빌릴 수 있었다.

그때 우리 집 사정으로는 방 4개를 전세, 혹은 월세로 남에게 빌려주고 중간 방 하나를 할머니, 언니, 나 이렇게 셋이서 함께 쓰 고 있었다. 옹색한 방을 셋이서 쓰게 되었으니 급히 왔다 갔다 하 다 보면 살들이 부딪힐 때도 많았다.

책을 빌린 날은 저릿저릿한 기쁨을 안고 집으로 돌아와 실눈을 가늘게 뜨며 맛있는 책 읽기를 즐기기만 하면 되었다. 나름의 계 산이 있었기에 평소에 하기 싫어하던 설거지까지 자청했다. 그러 나 책 읽기가 가속이 붙을 즈음해서 항상 할머니가 말씀하시기 를, "자자. 전기세 많이 나온다."

'탁' 하니 검은 플라스틱 백열등 스위치를 끄는 순간, 낭패스러 운 혈압은 어찌 그리 쿵쾅거리며 널을 뛰는지. 기억하고 싶지 않 은 추억 한 토막이다. 상처라고 하기에는 경미한, 그러나 나에게 는 분명 상처가 되었던 옛날이야기다.

그리하여 나는 읽고 싶은 책만 보면 식탐이 동하듯 욕심이 나 고, '남은 생애는 책만은 원 없이 사서 보리라'라고 결심 아닌 다짐을 하게 되었다.

어찌 되었거나 간에 꿈을 이루고 사는 요즈음의 정황들이 그지없이 고맙고 감사할 뿐이다.

남자들은 왜 그걸 모를까?

"고향에선 이 풀로 소죽을 쑤곤 했거든."

"어머, 정말 그러세요? 힘들었겠다. 소가 좀 많이 먹어요?"

투박한 억양의 경상도 남자와 간드러진 서울 말씨를 쓰는 여자가 사이좋게 길을 걷는다.

믿음직스럽게 생긴 남자는 착 달라붙으면서 애교 넘치게 반응해 오는 여자의 행동이 싫지 않은지, 둘 사이에서 깨소금 볶는 냄새가 진동한다.

이 커플은 성공한 케이스다.

정재계에서 활약하는 경상도 출신 남자 곁에는 예쁜 서울 아내가 많다. 지방에서 죽어라 공부만 하던 머리 좋은 남자 학생들이 서울의 명문대학교에 줄줄이 합격하고 그 의지와 노력으로 입신양명하니, 자연히 가문 좋고 예쁜 처가 따라오더라는 말은 오늘의 흔한 이야기가 되겠다.

그런데 이들 중 일부분의 남성은,

"밥?"

"아!"

"잠자자."

그가 자란 토양의 풍토대로 말수가 적어서 단 몇 마디로 일상생

활을 영위하는데, 온종일 그만 바라보고 대화가 하고 싶은 아내
는 어떻게 하란 말인가.

"여보! 비가 와요."

"오늘 저녁은 잔치국수 해 먹을까? 아니면 비빔국수 해 먹을
까?"

"아이 학교에 학부형으로 한번 찾아가 보는 건 어떨까요?"

시시콜콜한 일상사를 주거니 받거니 하고 싶어 몸살이 날 지경
인 아내 심경은 알 필요도 없고, 알아서도 안 되는 금기사항 취급
을 하니 통탄할 일이 아니던가.

밥 먹고, 잠자는 오로지 기능적인 부분만 가정생활로 치부하는
남자들. 아내와의 대화에는 전혀 관심이 없는 남자들이여!

그대들은 왜 그걸 모르나?

10캐럿이 넘는 다이아몬드를 사 와서 근사한 서프라이즈 이벤
트를 해 달라는 것이 아니다.

그저 작은 일상의 소중한 사건이나 이야기들, 쓸데없을 것 같은
대화라도 끊지 말고 이어 가자는 말이다.

그렇게 남편이 동조해 줄 때, 아내는 삶의 활력이 솟구치고 지
속적인 사랑을 받고 있다는 걸 느끼게 되어 일상이 좋아진다.

이 단순한 논리를 남자들은 왜 모를까?

그 많던 인기 작가들은 어디로 갔나?

소설의 S 씨, N 씨, O 씨.

시의 J 씨, A 씨, K 씨.

문단을 휘젓던 기라성 같은 인기 작가들이 요즈음 작품 발표가 뜸한 것 같다.

아무래도 단군 이래 최악의 불황이라는 출판계의 상황도 원인일 수 있지만, 건강 문제, 또는 개인사가 바빠서 글을 못 쓰는 이유도 있지 않을까?

우리(독자)를 울리고, 웃기고, 꿈꾸게 하던 작가가 생계를 위해서 식당을 개업했단 소릴 들을 때는 마음이 짠했다.

프랑스 같은 나라는 작품 하나만 있어도 나라에서 작가 대우를 하여 음양으로 지원해 준다고 한다. 예술가를 우대하고 보상해 주는 나라라서 프랑스가 예술의 나라인 거지.

그 나라는 자국의 언어를 보호하고 육성하는 정책으로 어릴 때부터 받아쓰기를 철저히 시킨다고 한다.

우리나라는?

아마 세종대왕이 현신하시면 발라당 쓰러지실 것이다. 한글은 이미 변형이 많이 되었고, 신조어 등을 남발하여 글자는 파괴되고 부서지고 있다. 그걸 자랑스럽게 생각하는 신세대들이 있어 안

타까울 따름이다.

　미래를 예측하고 현실을 위로하며 삶의 길잡이가 되어주던 언어의 마술사들이여! 비록 개인사가 어려울지라도 한글의 파수꾼이란 사명감을 가지고 독자들을 위해 분발하시길 부탁드립니다.

가상 여행 — 핀란드

첫째, 경비 절감을 위해서 2인용 밥솥을 준비한다(배낭여행이므로 유스호스텔에서 숙박할 때 밥을 해 먹기 위해서다).

둘째, 직항로가 아니라 몇 번씩 갈아타는 여행을 해야 하므로 요가 패드를 준비한다(오다가다 힘들면 남의 눈치 보지 말고 그 위에 드러눕기 위해서다).

핀란드에 도착하자마자 제일 먼저 찾아간 곳은 자작나무 숲이다. 아이보리 색조로 화장을 마친 쭉쭉 빵빵 스타일을 자랑하는 나무들이 줄지어 늘어서 있다.

너무도 잘난 놈들이 거대한 집단으로 맞이해 주니 더럭 겁이 나서 좋은 줄도 모르겠다. 혼몽한 상태로 뚤레거리자니, 무지개색 찬란한 극강의 오로라가 쓰나미처럼 고생하며 돈을 모으고, 지구 한편에 있는 북유럽의 작은 나라 핀란드가 다가온다.

여행을 위해 그리도 들뜨고 마음 설레었나?

후식으로 씹어보는 자일리톨 껌. 이 아이도 이곳 자작나무의 십촌 형제쯤 되겠지?

헬싱키에 들러서 네오클래식 양식의 웅장한 건물과 웅숭깊은 푸른색 눈이 아름다운 루터란 대성당을 찾았다.

시벨리우스 공원으로 가서 강철로 만든 파이프 오르간 모양의

기념비를 감상하고 주변 바닷가 산책로를 거닐어 본다.

그대에게 엽서 한 장 띄운다면 아이고 허리, 다리 아파가 아니고 구경 한 번 덮치는데, 정말 그렇다. 초호화 지구의 샹들리에. 맞다. 은은함과 오로라의 화려함의 조화. 찰떡궁합이다.

길을 내려오다가 우리나라에도 흔한 노랑나비 한 마리가 앞장서서 길을 가르쳐 주어 찾아간 '갑순이 한국식당'에서 그동안 아낀 돈으로 비빔밥을 시켰다. 금강산도 식후경이라 하지 않나.

느타리버섯이 주재료이고 갖가지 채소가 들어간 흰 쌀밥 위에 고추장 반술 넣고, 참기름 두어 방울 넣고 골고루 쓱싹쓱싹 비볐다. 첫술이 감동이다. 눈물이 날 것 같다. 너무 맛있어서.

"잘했네!"가 나올 것 같다.

나는 '영 올드 Young Old'가 되고 싶다

아침 일찍 일어나 6층에서 20층까지 계단으로 오르고 둑길을 삼사십 분 정도 산책한다.

일주일에 세 번, 노인 복지회관에서 배송 업무를 담당하고 적당한 보수를 받는다.

수원에 사는 큰아들 내외, 머루알처럼 큰 눈의 사슴을 닮은 손자와 손녀, 서울 목동에 사는 딸 내외, 껑충 큰 키에 여드름이 돋기 시작하는 외손자, 의정부에 사는 막내아들 내외가 찾아오면 반갑고, 안 와도 괜찮다.

그림을 잘 그리는 손녀에게 이젤을 곁들인 미술 도구를 사주고, 명절에 손자들이 오면 용돈을 조금씩 챙겨 줄 생각이다.

살림을 더 야무지게 해서 그 차액으로 자주 만나지 못하는 절친에게 맛있는 밥과 향 좋은 커피를 대접하고 싶다.

지금 69세의 나이에 책 3권을 출간했지만, 80세까지 현역으로 뛰면서 10권가량의 책을 저술하고 간행하고 싶다.

그런 나를 세속의 사람들은 노인이라고 하지 않고 '영 올드(Young Old)'라 불러 줄 것이다.

그 일이 사회에 조금이라도 좋은 영향을 미친다면 이 얼마나 멋진 일인가?

제2부

시

살구 비누

그가 살구 비누로 씻고 나면
가만히 그의 곁으로 다가가
감싸고 있던 옷섶을 풀어헤치고
그만, 드러눕고 싶어진다.

떨림

내 삶의 떨림은 남편의 파산과 나의 중병 속에서 겪었던 공포다. 떨림은 극한의 공포이거나 감동이다. 이제 공포는 싫다.

자주 소식을 전하지 않는 손녀로부터 전화가 왔다. 아스라한 정적 뒤에, "할머니! 고맙습니다." 그러고는 부끄러운지 제 아비에게 전화를 넘겨버린다. 순간, 해일처럼 밀려오는 한 줄기의 격렬함. 이게 뭐지?

그림을 좋아하는 그녀에게 미술 도구 몇 점을 사 주었을 뿐인데. 이래서 약간의 재화는 꼭 필요하다. 마음과 마음을 이어주는 소통의 구간이 되어 주므로. 이런 느낌을 자주 갖고 싶다.

루비콘 강가에서

사이렌 소리를 머금은 구급차가 달려옵니다.

저 안엔 여러 목숨을 쥐락펴락하는 참 괜찮은 사람이 가쁜 숨을 몰아쉬고 있어요. 기쁘고, 푸르고, 울창하게 살다가 향기롭게 가는 건 아니겠지요. 무섭게 달려오는 저 야차를 심히 꾸짖어서 물리쳐야겠어요. 아름답게 살라고 가르치는 죽음. 그가 있기에 생(生)이 빛나지요. 영원은 착각이에요. 찰나가 맞습니다. 그러기에 매일매일 기분 좋게, 뿌듯하게, 아름답게, 행복하게 살아야지요.

그 일급비밀을 품고 미친 포말을 일으키며 달리는 강은, 오늘도 그 비밀을 발설 않고 침묵하네요.

알볼로 피자

날개 피자를 먹고 나면 하늘을 날 수 있을까? 한때는 모음과 자음을 조종하여 전 세계 횡단을 꿈꿨던 적이 있다. 부모님의 과도한 사랑, 성장통, 자아분열의 집단 린치, 여과를 거쳐 다다른 길. 욕망의 때꼽재기가 게저분하여 맹수 같은 헐떡임에 괴로워했으나, 처처에 토해낸 수많은 낱말은 아직도 형태를 갖추지 못하고, 권태의 발끝에 채여 난분분하더니 아직까지 유야무야, 오리무중이다.

스테인리스 볼

맞춤한 크기로 나와 만난 스테인리스 볼.

밥 비비고, 조물조물 나물 무치고, 펄펄 살아서 아름다운 운명으로 완성되겠지. 내가 음식을 만드는 내내 부엌 한편에 진을 치고서 세상을 담을 수 있는 자만이 가질 수 있는 넉넉함으로.

섹시한, 너무나도 섹시한

내가 중병에 걸려 사오 년 정도 드러누웠을 때, 남편은 나를 씻기고, 밥을 해서 먹여 주고, 집 안을 청소하고, 빨래하고, 반찬을 만드느라 고생하였다. 그 당시 그의 사진을 보면 몸이 고달팠는데도 얼굴은 좋아 보인다. 아마도 잔반이 아까워 거둬 먹은 탓이었을까? 아니면 운동을 못 한 탓일까?

볼록 튀어나온 똥배가 그때의 참혹한 시간을 증명해 주는 듯한데. 하지만 어쩌랴. 내 눈에는 그 모습이 너무도 섹시해 보인다.

혹자가 말하는 '제 눈에 안경'이겠지만.

마음에 눈길을 내다

나이 드니 눈은 침침하고 망막박리 현상이 생겨 좀 갑갑할 때도 있다. 그러나 어이하랴.

철갑을 두른 자동차도 한 20년 남짓 타고 다니다 보면 여기저기 부분부분 갈아 끼워야 하는 것을. 거의 물치기인 사람인데 오륙십 년 사용했으면 응당 알아서 보링(boring)해 주어야지.

백내장을 지연시키는 안약을 하루에 두어 번 눈에 넣고 '정신일도(精神一到) 하사불성(何事不成)'하여 바라보는 사물이 비록 희미하게 보일지라도 두드러진 장점만 보기로 하였다. 엄밀히 말하자면 마음의 눈으로 보는 방법을 터득했다는 말이다. 우리 또래가 가진 쌓여 있는 경험을 친구삼아, 그에게 조언을 구하면서 한세상 거침없이 걸어가야겠다.

폭염 속에서

이렇게 더울 줄 몰랐다.
　지난겨울, 남녀 중고등학생 모두 교복처럼 입고 다니던 검은색
롱 패딩 물결을 보고 올여름 더위를 예상했어야 했다.
　창틀에 끼여 압사한
　바람 가족을 원망하지는 않겠다.
　암담한 지평의 바다는
　제 성질대로
　끊임없이 술렁거려
　주눅 든 물고기 몇 마리
　절레절레 날렵한 대가리를
　흔들고 있다.
　한 명의 반역도 없이
　일사불란하게 달려드는
　독일 대전차 부대 공습 같은
　더위 군단.
　오! 무서워.

찌질이 연가

나는 바퀴만 보면
굴리고 싶어지고,
앉은 지 5분이 채 안 되어서
그만 드러눕고 싶어진다.

세상일 서럽고
기가 차던 날,
질펀한 고요 속에서
날 부르던 목소리.
"좀 못나게 살아라."

달은 유한한 세상 위를 비추다
무한으로 가는 서산에서 휴식을 취하고
파도는 죽어라 바위를 때리다
포말이 일어나면
잦아지게 하는 요령도 피울 줄 안다.

하물며 영물이라는 인간인 나.
그토록 긴 생애를
단 한 번 눈부신 초록으로
살지도 못하고 아직
공주로 변신치 못한
신데렐라 신세가 서럽긴 하지만
영원한 청맹과니의
동정 유발의 표상은 될 듯하다.

아우라 *Aura*

그 사람을 에워싼 빛나는 광배,
치명적인 매력, 압도하는 분위기 등이
아우라가 되겠다.
남녀노소를 불문하고 아우라가 클수록
그의 포로가 된다. 사랑의 흔적은 상처가 아니다.
푸르던 기억에 항거하던 단단한 그리움일랑 던져 버려라.
아무도 타인의 삶을 참견할 수 없다.
사랑의 숲을 환하게 밝혀 주고 떠난 물빛 그리움.
아마도 색깔이 있다면 연둣빛 처연한 색깔이 아니었을까?

회갑이라고?

나이 예순하나가
무슨 벼슬이라고
오늘은 돼지갈비,
내일은 오리구이,
모래는 노천온천탕,
잘도 노는구나.

함부로 살았다고
미쳐 날뛰는 해일의 몸부림에
입은 옷을 무참히 적시기를 여러 번,
어찌할 바를 모르고 허위단심거릴 때
그래도 눈썹달은 희미하게 웃어 주더라.

계산대로 마음먹은 대로
되지 않은 인생(人生)길.
이런들 저런들 탕진한들 어떠하리.
기쁘게 가세.
즐겁게 가세.

재미나게 놀다 가세.
쉬엄쉬엄 쉬어 가세.

인생 고빗사위길
7부 능선에서 뒤돌아보니
종량제 봉투 속에
차곡차곡 챙겨 넣은
보석 같은 추억들만 보이고
떫고, 시고, 때론 달콤하고 쌉싸름한
기억들이 되살아나서
다시 한번 나를 끌고 간다.
어딘지 모를 그곳으로.

축복

늦봄, 장마도 아니고
이삼일 밤낮으로 비가 왔다.
비로 인해 상한 생명도 있다는데…:

때때로 뇌성벽력이 일 때는
밖에도 못 나갔다. 무척이나 겁이 났다.
지은 죄가 많아서
벼락 맞을까 봐.

비, 구름 말끔히 사라진 날.
콧방울에 얄랑거리는 바람 따라
산책로를 걷노라니
웃자란 애기똥풀, 개망초, 토끼풀
조막손 흔들며 웃어 주고
유쾌한 시냇물도 돌계단을 건너뛰고 흘러
폴짝폴짝 어린 가시내가 되어 징검다리를 건넌다.

촘촘한 잇몸 드러내며 활짝 웃어주는 햇살
싱그러운 바람결에 흔들리는 녹색의 연한 수풀
가벼웁게 저공비행하는 하루살이들의 군무
그들의 몸짓이 나의 고조된 기분에 실려
네가 내가 되고, 내가 네가 되고
쌈박하게 머리 손질한 축복이란 놈이
나를 반기는 초하(初夏)의 어느 토요일 오후.

거미

물이 새는 지하 단칸방에서 타워팰리스로 입주를 마친 암컷 거미.

제 버릇 개 못 준다고 신새벽부터 먹잇감이 지나다닐 만한 근거리에 포충망을 친다. 가로세로 무늬, 장방형, 때론 아라베스크(arabesque) 문양으로. 잦은 교미로 알을 까지만, 새끼들의 요람에서 무덤까지 절대 관여치 않는 그녀만의 원칙은 철저하게 지킨다.

노후에 이도 저도 아니 되면 역모기지론으로 먹고살 걱정은 해결하리라. 고로 백석의 거미는 멜랑꼴리하지만, 이지향의 거미는 독하다.

사랑의 흔적을 죄라고 믿고 그리움 한 조각에도 맹렬히 항거하는 자립형의 그녀는 사랑, 슬픔, 그리움, 몸살, 잠이란 단어는 사치로 규정하고 철저히 비난한다. 그녀는 언제나 갈라진 논밭처럼 튼 입술을 하고 충혈된 눈망울로 먹잇감을 응시한다.

무작위로 선정된 천적에게 올인한다는 말이다.

"여보게. 나는 아닐세. 자네 먹이치고는 덩치가 너무 산만하지 않은가?"

콜로세움

피범벅 속에서도 살아나 원형 경기장의 스타가 된 스파르타쿠스(Spartacus)는 용맹함으로 민족을 구원하였다. 그러나 〈운명 행진곡〉을 틀어 놓고 매일 밥하고, 빨래하고, 청소하는 가사 일을 검투사 못지않게 해치우는 그녀는 언제 그곳을 탈출하나?

돌계단 1층에서 심호흡,
돌계단 2층에서 다리에 힘주고,
돌계단 3층에서는 뜀박질해 보지만,
불만을 해소할 출구는 어디에도 보이지 않는다.

투지가 약한 그녀는 근심으로 식구들을 챙겼고
별이 격렬하게 침묵할 때도
용케 이승을 알아보고

그런대로 위태위태하게 잘 살았다.
둠바— 둠바— 둠바— 둠바—
어디로 튈지 모르는 럭비공처럼 참 잘 살았다.

소리의 진화

이른 아침 포말을 일으키는 물소리는 조약돌의 이마빼기를 씻겨 주고,

결 좋은 바람의 머릿결을 빗겨 준다. 먹빛 고인 웅덩이는 강하게 어필하는 외등들의 아우성으로 곤혹스러운 나날을 보내는데, 적당한 소리의 공명으로 아들, 딸 잘 키운 엄마. 그녀의 뱃구레는 항시 붉은 혼인색을 띠고 있어 천하의 영웅호걸도 그 궁 앞에서는 머리를 조아린다.

태초에 가라사대, 말씀이 있었고 "누가 누굴 낳고, 낳고, 낳고…."의 역사는 "무슨 소리, 무슨 소리가 이러하고 저러하고…."의 역사와 일맥상통한다고 하겠다.

의정부

서울 청담동에서 아사 직전의 사업을 정리하고 정착한 도시 의정부.

한 18년쯤 되었지. 이곳에선 '누구누구 엄마' 소리 안 들어서 좋고, 특히 채권자가 없어서 좋다. 중앙에서 보면 변방이지만, 강원도가 가까우니 산들의 맵시가 수려하고 동마다 튼실한 물고기들이 뛰노는 맑은 하천을 가지고 있다.

구기자, 갓 뽑은 칼국수 면, 찐 옥수수 등을 사러 재래시장에 가면 눈 맞춰 주지 않는다고, 모른 체한다고 섭섭해하는 이웃집 아줌마 같은 상인들이 있어 즐겁고 유쾌하다.

왕복 1시간 거리의 부용천은 아침저녁으로 나와 함께 호흡하여 글을 쓰게 하는 발원지가 되기도 하고, 더욱 정진하라는 채찍질도 해 준다.

아마 하늘이 깊은 뜻이 있어, 사업을 초토화시키고 피눈물 흘리면서 이곳을 찾게 하고, 애인 같은 부용천을 만나게 한 듯하다.

오오, 알 수 없는 하늘의 처사여!

헤아릴 길 없는 그 속내를 경외하노라.

발원문
부용천에 물 한 잔 따르면서

자네! 수고 많았네.

한잔하세나, 부용천이여!

낮이나 밤이나 나와 함께 친구가 되어 주고

시상의 물줄기 흘려 주어 글을 쓰게 하여

『첫사랑을 위한 송가』를 발간하게 되었어요. 이 책을 그대에게
바칩니다. 부디 독자들의 영혼에 샤워 물줄기 같은 역할을 하도
록 빌어 주소서!

후예들

한때 몽골의 대초원을 누비며 기마민족의 자존심을 지키면서 지구의 반 이상을 점령했던 칭기즈칸이란 지도자가 있었다. 그는 이모저모로 평가해도 알렉산더(Alexandros) 대왕보다 더 위대하다 하겠다. 그러나 그 후손들은 지금 어떻게 하고 있는가? 참 초라한 성적을 내고 있지 않나?

우리나라도 한 5,000년 이상의 역사가 흐르는 동안 사대주의라는 굴종 외교까지 하면서도 여태까지 명맥을 이어왔다.

지금은 세계를 상대로 반도체, 철강, 자동차 등으로 돈을 벌고 체육 쪽에는 차범근, 박찬호, 추신수, 박지성, 김연아, 박태환 등, 문화 쪽으로는 조수미, K-pop, 방탄소년단, 〈대장금〉의 이영애 등이 두각을 나타내고 있다.

우리 집안을 일례로 들어 보겠다. 공부 성적이 중간 정도 하는 외손자가 골프를 배우는데, 경비가 상당히 든다. 역시 공부가 신통치 않은 친손주를 채근하는 제 아비에게 "아버지! 내가 골프 선수 하고 싶다고 하면 고모처럼 밀어줄 수 있어요?"라고 하더란다.

자기가 신통치 않은 공부에 대해서는 면죄부를 주고 제 아비의 약점을 공략하는 그 허세 아닌 허세에 할머니인 나로서는 "고놈 봐라?"라고 말할 수밖에 없었다.

기발하고, 배짱 있는 절묘한 한 수들이 있는 이런 손자, 증손자, 고손자가 탄생하는 우리나라는 희망이 있기에 세계를 상대로 먹고살 걱정은 안 해도 되겠다.

IMF 때의 금 모으기.

연말연시 불우이웃돕기 모금액을 보더라도 고유의 인정이란 불씨에 성냥만 살짝 갖다 댄다면 우리 민족은 니르바나 불꽃처럼 타오르는 불꽃을 피워낼 후예들이 분명하다.

아이들아! 너희들만 믿는다.

그리고 우리는 맘 놓고 간다. 안녕!

못 가본 길이 더 아름답다

이제나저제나 미루고 벼르던 길.

오늘에서야 가 본다.

잡풀이 뒤엉켜 아치를 이룬 길 언저리엔 새끼 친 너럭바위가 앉아 있고

저쪽으로 길게 뻗어 있는 길은

이방원이 임금이 되어

삘리리— 삘리리— 궁중 악사 시켜 나팔 불게 하고 능행(陵行) 가던 길이었겠지. 어린 조카가 짠하긴 했으나 개혁 의지는 폭풍 같은 야망을 만나 걷잡을 수 없이 타올랐을 것이다.

그 아들의 아들이 태어나고 또 태어나서 수 없는 발걸음으로 길을 뚫었을 거야.

이젠 눈에 보이는 곳곳에
마천루 같은 아파트 군단이 들어서고
붉은 첨탑의 교회 표시판이 들어서고
무슨 무슨 음식점, 무슨 무슨 요양원,
무슨 무슨 마트가 진을 치고
파리 눈물만큼의 불편함도
용납하지 못하는 세상이 되어버렸다.

처음 가 본 길이 신기하여
놀이패의 원숭이처럼
히뜩히뜩 요리조리 살펴보았지만
아스라한 그리움만 남아 있길래
가 본 길보다
못 가본 길이 더 아름답다.

비단실을 잣는 사내

중세 이전부터 기사 작위 집안 출신인 그는 강단 있고, 지혜 있고, 운발 있는 사내였다. 어제는 보험 회사 국장, 그저께는 신한양행 전무, 그끄저께는 커피 자판기 회사의 부장을 필두로 알칼리정수기의 영업 팀장 등 수많은 직업을 전전했다. 그러나 그를 붙드는 곳도 있었다는 것이 엄밀한 사실이다.

그가 릴리리 맘보춤을 추면서 의기양양했던 때는, 자갈밭을 굴착기로 파고, 덤프트럭으로 밀고, 편편하니 땅을 고르고 해서 개장한 '킹 테니스장'이 대박이 났을 때였다. "테니스 좀 가르쳐 주세요, 네?" 하며 줄줄이 늘어선 언니, 아줌마 회원들. 테니스장 사장과 코치를 하며 번 돈으로 분당의 32평짜리 아파트를 사고, 때깔좋은 왜건(wagon) 승용차도 뽑았다.

호박씨 잘 까먹던 그도 침체기인 요즈음엔 누에들 뽕빨 받기를 간절히 고대하는 심정이 되어 비단실 잣는 날만 기다리고 있다.

다행인 것은 도통 잔소리라는 것을 잊어버린 좀 모자라는 그의 아내가 도가니 곰탕집에 취직하여 꼬박꼬박 밥값을 벌어온다는 것이다. 그러니 운 좋은 사내는 그나마 기죽지 않고 "누에야! 제발 뽕빨 받아라. 누애야! 제발 뽕빨 받아라!"만 되풀이하는 것이다.

떠날 때는 이 말만

자기의 장례식을 소상하게 묘사한 글을 읽었다. 나는 시를 쓰는 사람이니까 산문처럼 길지 않고 짧은 이별이 좋겠다 싶었다.

이 나이가 되니(69세), 남을 위해 참고, 비위를 맞추고, 배려했던 잘 살아내기 위한 행동 말고, 너무나 인간적인 타고 난 내 본성대로 살고 싶은 것이다.

내 본성은 둥근 것보다 네모난 것이 더 좋고, 남이 이래라 하면 저렇게 하고 싶고, 갇히고 막힌 곳 없이 질주하는 삶을 살고자 하는 것이다.

그렇게 살다가 임종을 맞게 되는 날은 햇볕 쨍쨍한 여름날이면 좋겠다.

숨이 꼴깍꼴깍 넘어가기 일보 직전에 팥빙수 한 그릇 잘 먹고, "그동안 고마웠어. 사랑해." 하고 떠나고 싶다.

짝사랑

원래, 사랑이라는 것은 둘이서 하는 것이다.

그것이 사랑의 기본 공식이고 불문율이다. 근데 좀 푼수 같은 덜 떨어진 짝사랑이라는 것이 있는데, 이게 좀 골치가 아프다. 얘는 워낙 힘이 장사라서 혼자서 북 치고 장구 치고 다 해 먹는다.

더욱이 가끔 일으키는 돈키호테식 돌출 행동은 아무도 말릴 자가 없다. 끝 간 데 없는 불잉걸 속에 저 자신을 함몰시키는 그 모습이 때론 처연하고 아름답지만, 자신은 무척 서글프고 고독할 것이다.

그러니 고독 씨여! 어떻게 짝사랑 양하고 잘해 보시면 안 될까요?

양털 구름이 털갈이를 시작하는 가을 하늘 아래서.

지구가 점프하는 날

밑이 두툼한 남자 양말을 세 켤레에 오천 원에 샀다. 트럭 양말 장수 아저씨한테서.

괜찮다 싶어 "세 켤레 더 주세요." 하니 흠칫 놀라며 꽃보다 아름답게 피어나는 저 미소. 지구도 들어 올리겠다.

정묘시丁卯時 나비

운동 나가다 지나치는
아파트 지하 주차장에
가녀린 다리로 기어들어 온 나비.
갈색 등허리에 점박이 문신을 하고
알의 시대,
애벌레 시대,
번데기 시대를 지나
지상에서 박차고 오를
날갯짓을 하기에는
너무나 많은 준비가 기다리고 있다.
짧은 한세상. 나비가 겪을 일이
걱정되어 내 발걸음이
가볍지만은 않다.

고모리의 하루

언젠가 한 번 와본 듯하다.
정돈된 방파제, 산홋빛 물결.
언젠가 한 번 가본 듯하다.
쌍쌍의 남녀 간의 달콤한 밀어들.
그리운 기억은 아픈 거라고 말해 주는
물이랑에 달라붙어 흔들리는 부들.
교태 반, 눈물 반씩 머금은 색색의 야생화들.

햇볕이 쨍쨍할수록 저녁 해는 빨리 저물고
나이 든 사람에겐 하루해가 짧아 더욱 슬프다.
그리하여 에어컨 빵빵 나오는 차 안에서
달달달 다리를 떨어가며
김현식의 〈내 사랑 내 곁에〉를 들으니
행복하다. 그저 행복하다.

바람

내 나이 13세에 아버지가 돌아가셨다.
오 남매는 어머니만 바라보았다.
막연히 시인이 되고 싶었으나
읽고 싶은 책도 맘껏 사보지 못하고
그럭저럭 세월이 흘렀다.
내 나이 51세에 〈들꽃〉으로 문예지에
등단을 하고 나서야 비로소 시인이 되었다.

『아랏차차 암탉이 기합을 넣을 때』(시집),
『청라언덕』(소설),
『첫사랑을 위한 송가』(시집)를
내 이름으로 출간하였다.
이보다 더 좋을 수 없었다.
그런데 불안하다.
내 안에서 자라나는 나태와 자만이라는 놈,
 그저 깡그리 박멸하고 나면, 마음에 고요와 평온이 찾아와 줄
것인가.

내 사랑 내 곁에

한때 김현식의 〈내 사랑 내 곁에〉를
두 달 동안 낮과 밤을 가리지 않고 들으며
위로받았던 적이 있다.
격렬함을 감춘 애잔한 목소리는
그리움, 애끓는 정, 위로, 포용이라는 순서로
듣는 이의 가슴에 떨림을 전해 주었다.
그의 학력은 고교 중퇴였지만
예술과 학벌은 무관함을 입증시키고도 남았다.
문학, 미술, 음악, 연기 등 많은 장르의
세계에서는 이성보다 특히 감성이
결정적인 영향을 미치는 것 같다.
우린 밥만 먹고 살 수 없다.
인생길, 그 우여곡절의 길에서
자기 자신을 위무해 줄 무언가를
찾지 못한다면 얼마나 불행한 일인가?
예술은 지리멸렬, 자기중심이 아니고
받아들이는 사람의 심장을 관통하고
혹 치고 빠질 때의 강렬함이

두고두고 감동으로 다가오는 것 같아
짧은 그의 생이 어쩌면 축복일지도 모르겠다는
생각이 든다.

한낮의 기온이 41도를 넘다니

봄, 여름, 가을, 겨울.
매뉴얼대로 시행하던 점잖던
지구가 화가 났나.

산업화 물결에 휩쓸려
땅덩어리를 짓뭉개고
미친 듯이 공장을 돌리고 화학 제품을 마구
만들어 내고 돈맛에 흥청망청
"돈이면 안 되는 일 있나?" 하던
오만방자한 인간들이
담합하여 화를 내는
자연 앞에선 어찌할 바를 모른다.

그러게, 있을 때 잘하지.
더위에 헉헉거리다
부채 하나 달랑 들고
인공 바람에 의존하며
길을 걷다가 생각했다.
누구든 뿔나면 무섭구나.

얼짱 달님

가열한 폭염에 시달리던 우리나라 달이
병사하자 다국적 중동 달이
급파되었다.
그 나라의 법도대로
회색 구름으로 차도르를
만들어 쓰고 나타난 얼짱 달이다.
풀밭에 고개 숙이고
서 있는 강아지풀에게
"이봐! 그렇게 허리가 가늘고 기니
허리 디스크가 재발할 수밖에."
유창한 우리나라 말이다.
참 오지랖도 넓다.
방금 비행기에서 내려
시차 적응도 안 되었을 텐데,
또 시시콜콜 참견이라니….
"내가 정형외과 명의를
소개해 줄 테니 거기 한번 가 봐."

죽일 놈의 입맛

이 맛, 저 맛, 다 둘러보아도
입맛이 최고라나.
나는 남들이 해 주는 음식은
무조건 맛있다.
죽지 않고 또 살아나는
입맛을 막을 길도 없고
막을 자도 없다. 그것이 내 고민이다.

시장 음식점에서
비빔냉면을 6,000원에,
갈비탕을 6,000원에 시키고
냉방이 잘된 곳에서
남편은 냉면, 나는 갈비탕을 먹는다.
적당히 매운 칡냉면,
두어 점 고기가 들어 있고
알맞게 식은 갈비탕을 먹는 순간
내내 행복하였다.

검버섯 몇 개가 정답게 나 있는 그의 옆얼굴을 바라보며
이 즐거움이 오래 가기를,
좋은 사람 바라보며
맛있는 음식 함께하는
이 행복이 영원하기를,
빌고 또 빌었다.

사랑은?

새벽에 왜가리가
유치원생 새끼 두 마리를
데리고 물에서 논다.
새끼들은 저들끼리
뭐라고 조잘거리며
피라미를 잡아먹고
어미는 무심히 먼 산만
바라보고 있다. 뒤통수에 달린
눈으로 새끼들을 감시하면서.
유례없이 더운 날에도
더운 피 가진 것들은
사랑을 하고 새끼를 낳고
그 새끼를 훈육하고
이렇듯 사랑은 계속되었구나.
그 추운 동토의 나라 시베리아에서
개장국을 팔아 자식을 대학까지 보낸
한인 엄마들(고려인이라 지칭함).
분명 유대인 엄마들보다

한 수 위일 거다.
사랑은 파리 목숨 같은 때도 있지만
대부분 쇠심줄보다 질긴 것이 정석이다.

천 리 길도 한 걸음부터

이 나이 되도록
외국 한 번 못 나가 봤다.
공짜로 생긴 여행 경비도 냉장고를 바꾸고
구멍 난 살림을 메꾸는 데 사용했다.
친구들이 14박 15일
외국 어디 어디를 다녀왔느니
외국 음식은 무엇무엇이 맛있다고 해도
애써 모른 체한다.
타국 사람들은
아름다운 동방의 나라 한국을
찾기 위해 수년간 적금을 들고
신비로운 땅덩이를 보기 위해
휴가를 내고 법석을 떨지 않나.

그런 좋은 나라에 살면서
팔도 좋은 곳을 아직 다 다녀 보지 못하였다.
내 것이려니 하면서 품고만 살았다.
그래서 꿈꾼다.

내년에는 칠순이니
아이들을 불러 모아 돼지갈비를 먹고
만약 십시일반 걷어서 용돈을 주면 부여, 공주, 신라 등지에 있
는 박물관을 다녀오고 싶다.

백제 문화의 꽃인
금동대향로를 구경하고
굽이굽이 황금으로 찬란히 빛나는
신라 금관도 한번 보고 싶다.
만약에
내 책이 3,000부 이상 팔려(소위 말하는 대박이 나서) 출판사에서
그 보답으로
해외여행을 보내 준다고 하면
중국에 가서 황산을 구경하고
소동파가 즐겼다는 동파육
야들야들 보드라운 돼지고기
두어 점 먹고 오고 싶다.
동파육의 고장 본토에 가서.
이렇듯 천 리 길도 한 걸음씩,
마음의 희구도 한 발짝씩,
그러지 않으면
동티가 나요.

내 안에 너 있다

"내 안에 너 있다."
드라마 〈파리의 연인〉에서
명대사로 히트한 말이다.

고등어구이를 해 먹고
한 이삼일 후엔
뚝배기에 중탕한
계란찜을 밥상에 올린다.
희색만면한 그의 얼굴을 보니
때맞춰 먹고 싶던 음식이
밥상에 올라와 기쁜가 보다.

부쩍 도드라진
아랫배가 불편할 것 같아
파자마 허리 고무줄을 늘려 주었다.
축 처지는 색깔 말고
노랑, 빨강 등의 원색이 섞인 티셔츠를
마트 매대에서 몇 개 골라 왔더니

휘파람을 불며 옷매무새를 만진다.

내가 네 마음에 있고
네가 내 마음에 있다는 것.
그 말이 "내 안에 너 있다."다.

에밀 졸라

엄마를 조르다

내 일곱 살 적에 지름신이 강림하니
알사탕도 사 먹고 싶고 뽑기도 하고 싶어
몸살이 날 지경인데
수중에는 땡전 한 푼 없었다.
그리하여
리듬에 맞춰 다림질하고 있는
엄마에게 "추석 때 손님이 준 돈하고
세뱃돈 맡긴 것 좀 줘!" 하니,
"그때 니가 맡긴 돈 내가 다 쓰고 없다." 한다.
"엄마를 믿고 맡긴 돈인데
그 돈을 다 쓰면 어떡해?
내 돈 내놔! 내 돈!" 하니,
엄마는 "그러면 여태까지 먹이고,
입히고, 병나면 병원 데려가고
한 돈이 얼만데?
니가 맡긴 돈을 제하고 나서도
너는 나한테 한참을 갚아야
될끼다." 한다.

"엄마가 우리한테
쓰는 돈은 당연한 거 아냐?
내 돈을 그 돈에서 제하면 어떡해. 내 돈 내놔, 내 돈!"
"니 돈은 당연한 거고
그럼 내 돈은 안 당연한 거냐?
이것이 어따 에밀 졸라.
에밀 조르길 졸라.
어린 것이 발랑 까져 가지고,
어디 에미에게 쫑쫑거리고
대들어!"

프랑스 유명한 소설가 에밀 졸라(Emile Zola)가 아니고
이런 에밀 졸라이다.

엄마의 눈썰미

시집 한 권을 엄마에게 보냈더니
전화가 왔다.
"목이 없더라. 살 좀 빼라!"
느닷없는 주문에 어안이 벙벙하였다.

책 앞날개에 실린 사진을 보니
한복 동정 깃에 목이 매달려 있다.
살이 많이 쪄 감추고 싶은 내 모습이
엄마의 눈썰미에 딱 걸린 것이다.

헬스클럽에서 트레이너가 지도하는
운동은 못 하고,
달걀흰자면 몰라도 닭가슴살은
매일 먹을 수 없다. 형편 때문에.
자주 걷고 삼시 세끼 먹는 양을 줄이고
주전부리를 삼가는
무식한 방법으로 살을 빼기로 하였다.
그리하여 한 10kg 정도 살이 빠지면

"엄마. 나 어때?"
"에구에구, 내 딸이 역시 최고야!"
내 투실투실한 엉덩짝을
투닥투닥 엄마가 두드려 줄 것 같다.

엄마! 백수(白壽) 넘기세요.
그 총기로 말이에요.
93세 엄마에게 70줄 딸이
간절히 기도한다.

말복 전야

2018년 여름은 참으로 대단했다.

대중매체에서 지구온난화를 자주 언급하였으나

설마 이렇게까지 될 줄은 몰랐다.

41도 이상 올라가는 수은주는 수박의 당도를 빼앗아 갔고

인간의 몸 구석구석에 열꽃(땀띠)을 피워 올렸다.

화통을 삶은 듯한 집안의 더위에 견디다 못해 강변으로 나왔더니, 아, 글쎄, 하늘에도 뒷덜미를 파르라니 면도한 잔별들이 떼거리로 몰려와 "천공(天空)님! 정말 이러기에요? 너무 더워 미치겠어요." 하며 집단 항의 중이다.

사람이 못 살겠으면 자연도 몸살을 앓는지, 앞산의 수풀도 녹색으로 윤기 나던 장발 머리칼이 시커먼 초록으로 변하였고 찌르레기 내외도 둥지에서 뛰쳐나와 새끼 먹일 벌레 사냥도 건성건성 놀멘하고 있다.

목울대가 조금 부은 친절한 풀여치가 "어째 내년 여름 예약해 줄까요?" 한다.

청아하던 목소리가 허스키 보이스가 되었다.

아니, 아니. 그러지 말게나.

자네가 예약하지 않아도 반드시 여름은 또 올 것이네.

지구의 공전과 자전 속에 이미 여름이란 프로그램이 예약되어 있으니까.

미녀 3인방

시장에 있는 찐 옥수수 가게의 그녀는 주로 찰옥수수를 아침
일찍 쪄 놓고 재빠르게 국화빵을 굽다가도 내가 눈 마주치지 않
았다고 삐져서 서너 번 웃을 것을 모나리자 미소만 짓고 있다.
새벽길에 함초롬히 이슬 머금고 조금은 쓸쓸히 피어 있는
달맞이꽃이다.
건어물, 약재를 취급하는 그녀는 뚫은 귀에 백제금동향로 모양
의 귀걸이를 하고 색조 화장을 잘하는데, 내가 가면 무엇이든 한
움큼씩 덤을 주고 또 준다.
표정이 변화무쌍하고 말솜씨가 활달하니
〈패왕별희〉 같은 경극도 잘하겠다.
화장품 가게의 그녀는
긴 생머리에 자칭 순수 미인이라 남매 교육에 혼신을 다하는
열혈 엄마로서 자세가 진중하여 물건 흥정에서
포장에 이르기까지 나와 쉴 새 없이 대화를 나누는
대게 외에도 복사꽃이 아찔한 영덕 출신의 여인이라오.

참 아름다운 풍경

　말복 지나 새벽에는 홑이불을 덮었다가 들고나온 부채가 무색
해져서 풀숲에 숨기고 새벽 행군길에 나선다.
　커플 티를 함께 맞춰 입은 두 남녀가
　뭐라고 조곤조곤 이야기하다
　서로의 눈을 맞추고 하하 호호
　슬그머니 남자의 팔짱을 끼는 여자.
　그 풍경이 참 아름답다.

　여섯 명으로 편대를 이룬 오리 부대
　새벽 3시에도 중저음 목소리로 꽉— 꽉— 꽉—
　아침 훈련을 겸한 밥벌이로
　부지런히 물고기 사냥하는 모습
　그 풍경이 참 아름답다.

나와 딱 눈이 마주친 들고양이
소스라치게 놀라더니
듬성듬성 풀 몇 개 돋아난 길이
수풀인 양 눈을 내리깔고
납작 엎드린 채로 눈 가리고 아옹하는
그 풍경이 참 아름답다.

모르는 사람끼리 환하게 웃으며
"이제 찬 바람이 불지요?"
그 풍경이 신명 나게 아름다운 날이다.

한때

사흘이 모자라는
시월 밤 여덟 시.
숲에서 뿜어져 나오는
저 요기(妖氣)를 보아라.
종언(終焉)을 고하기 전
마지막 함성(喊聲)으로
나는 들으련다.

그 아래 다소곳한 몸가짐을 한
코스모스 아씨들.
퀭한 갈맷빛 눈망울로
그녀를 지켜보는
달맞이꽃 도령.

하늘엔 보풀진 오리털 구름이
무에 그리 신이 났는지
찬바람이 좋지롱, 좋지롱,
들까불고 있다.

한때는
그 무엇을 간절히
참으로 간절히 원했던 적이 있었지.
박 터지게 사는 삶이
누렁 호박 하나
겨우 품게 되는 줄 모르고선.

낭낭하게 울음 우는
저 홀아비 풀여치.
고독을 잘근잘근 씹는 걸 보니
아마도 시큼털털 애절한
한때가
정말로 오고 있나 보다.

애인
시를 기다리며

격조했던 요즈음의
너와 나.
야심한 시각에
은밀히 만나
한 침상에서….
너를 만나고 돌아가는
나의 발걸음을 보아라.
뛰고 있지 않니.
날고 있지 않니.
노시인이 말하였지.
시(詩)가 쉽게 쓰인 날은
어쩐지
불안하다고.
그렇다.
아니다.
그렇다.

대문 활짝 열어 놓고
집 안 곳곳을 쓸고 닦고
꽃길 주단(綢緞) 아래
마음 자락 모셔 놓고
기다리고 또
기다린 지 7년째.
누가 오지 말라 그랬느냐.
아니, 오고 싶어도 참았느냐.
"왜 이래, 아마추어같이?"란 말은
하지 않으련다.
치명적 중독으로
살리든지, 죽이든지.
치사량(致死量) 걱정일랑
아예 하지 말고
부디, 애인아.

신귀거래사 新歸去來辭

여기, 바람 부는 언덕에
영욕을 마모시킨
호미 자루 같은 사람.
수액의 피 뚝뚝 흘리며
아직 여기, 이렇게 서 있다.

우리는 어디에서 왔는가.
우리는 누구인가. 어디로 가는가.
하얗게 지워지는 햇살 속에서
쉴 곳을 꿈꾸는 감각만은
순결한 영혼일 때 찾아오는 법.

나 돌아갈 곳은
그대의 탄생인가, 그대의 무덤인가.
나의 소화기관에 신호를 보내고
풀무질을 하고 그러고도 침묵하는
당신 곁에서 다시 한번
부르는 생(生)을 그대는 기억하는지.

간당간당 벼랑 끝에 몰릴 때는
숯검정이 되고서도 아자! 아자!
정련된 근육의 권력자인 양 오만하게
"나, 악착같은 여자야."
"나, 근성 있는 놈이라니까." 하고 말하지.

땅의 혈을 깨물고 있는 뿌리도
실핏줄의 투입이나 흙의 균열을 획책하듯이,
뽑힌 뿌리도 흙 속의 따스한 품을 그리워한다.
무던히 걷고 걸어 등허리가 아픈 사람.
벼랑 끝에 은거하다 은자 같은 사람이 되어
아직도 집으로 돌아갈 곳이 없다 하네.

러브홀릭 *Loveholic* 을 꿈꾸며

태양이었나.

늪이었던가.

장미꽃 만발한 꽃밭이었나.

달무리 음전한 계수나무 아래서

그때 기어이 제집을 찾겠노라고

연어는 펄쩍펄쩍 허공 중에 뛰고 있었지.

나만의 태양이 사라진다면

영원히 함께하지 못할 거라면

그의 무덤에 가만히 드러누워

뼈와 살이 말라비틀어지다

썩고 썩는 소리 듣고자 하였다.

마음 깊숙이 박힌 옹이

쓰다듬는 날엔 어디선가 풍기는 청국장 내음 같기도 하고

자릿하고 가늘게 피어오르는 허브향의 실핏줄

터지는 소리 같기도 한 그것.

내가 또 모르핀 주사를 맞았나
꼭꼭 숨어 살던 사랑의 메두사가
승천할 준비를 마치고
천국과 지옥을 오가는 그 늪에
한번 빠져 보시라고
일 배, 이 배, 삼 배… 재차 권하는데
도가니 뼈가 아린 지금
그럴 수 있을까?

군주

열혈 독자 한 명이 작가 여러 명을 먹여 살린다.
겉으론 드러난 지위는 낮아 보이지만, 카리스마와
포용력을 갖춘 확실한 제왕은 출판업계의 독자다.

그의 입술의 권세와 지갑의 열림과 닫힘에 따라서
작가의 다리가 후들후들 떨리기도 하고
당당히 곧추세워지기도 한다.
작가의 아킬레스건을 너무도 잘 아는 영리한 그가
어떤 날은 기분이 마냥 좋아서, 작가의 단점을 에둘러서
장점인 양 떠벌리면, 그만 그 작품은 입소문을 타고 베스트셀러
가 되고 만다.
이때 작가는 감읍하여 주체할 수 없는 기쁨의 눈물을
펑펑 쏟아내고, 평생 그를 군주로 받들어 모시고
살아가는 것이다.

이 길엔 불평이나 사견이 있을 수 없으므로
정말이지 냉혹하다 할 수 있겠다.

백두산 호랑이

광릉 수목원에서 백두산 호랑이를 만났다. 세수 십칠 세인 수컷 호랑이. 앙상한 뱃가죽에 늘어진 피부, 길고 느린 걸음걸이와 사타구니 사이에 끼인 성기. '섬광처럼 단숨에 힘을 모으던 백수의 왕자가 쟤 맞아?' 싶다. 황색 물결 사이사이, 흑묵색 사이사이, 옅은 미색이 보조해 주는 화려한 색감은 고흐도 너무 좋아 울고 가겠다. 울울창창한 남한 최고의 숲속에다 낮달만 한 집을 지어 놓고, 살육 전쟁의 대평원을 꿈꾸라는 건 말도 되지 않는다. 강철 근육을 벼르는 발톱에 힘을 모아 푹신한 털끼리 교합하고 싶은데, 절레절레 머리 흔드는 서방 놈. 이건 말도 되지 않아. 노박이, 노박이로 나뭇등걸만 물어뜯는 암컷 호랑이. 하루 세 번 사람 냄새에 신경질이 나는지, 노린재나무가 살포하는 구린내에 울화가 치밀어 오르는지, 눈을 까뒤집으며 포효하는 암컷 호랑이. 정글아, 정글아. 우리 좀 불러줘! 졸리다 만 눈에선 광채가 빛나리라. 굶주려서 배고프면 앙칼지게 사냥하리라.

그들의 푸른 꿈은 황금빛 줄무늬 굵은 결을 덮고 있다.

삼광조! 너를 닮고 싶다

칠월 숲의 한복판에
복식호흡으로 건강 챙기는
수목들의 시퍼런
숨소리가 우렁차다.

따가운 햇볕 아래 민머리로
먹이 물러 간
삼광조 어미 새.
어찌하여 안 오시나.

새끼 먹일 애타는 가슴 안고
거미집을 과녁 삼아
포도 덩굴로 뛰어내렸는데
어찌하여 안 오시나.

얄팍한 입술에 꼭꼭 감춘
새끼들에게 밥을 먹이고야 말겠다는
용암 같은 그 열정이

키운 새끼들을 둥지 밖으로
싹둑 밀쳐내는
얼음 같은 그 냉정이

마냥, 마아냥 부러운 것이다.

크낙새 신부神父

추기경님이 선종(善終)하셨다.
광릉 숲 본당의 신부 자격으로
크낙새가 친견(親見)하였다.
굴참나무 깃대 들고 꼿꼿이 서서.

성장(盛裝)으로 예를 갖춘
조뇌(鳥腦) 속으로
"사랑하기 위해서는
많이 아파야 해.
용서하기 위해서는
항상 즐거워야 해."
그분의 음성이 들려 왔다.

무엇이든 마구 쓰다 버리는 맹문이
마음끼리 마구 물어뜯는 팔푼이인
인간들을 향해
천연기념물 작위를 가진
조류계의 왕자로서

멸종 위기라는 엄포로
지구 오염을 경고하고 있지만

본업은 어디까지나
대한민국 경기도 포천군 소흘면
크낙새 서식지의 주임 신부.

새하얗게 빛바랜 죽은 나무 악기 삼아
미움이 찾아오면 쪼으세요.
증오가 일어나도 쪼으세요.
살의가 느껴져도 쪼으세요.
쪼으세요. 쪼으세요. 쪼으세요.

화를 잘 다스리는 방법을
연일연야로 시범 보이고 있는
광릉 숲 본당의 수놈 골락새.

그대가 나에게 올 때

그대가 꽃구름 속에서
휘파람 불며 나에게 올 때,
나는 한 마리
모시조개가 되었습니다.

뻘밭에 코를 박고
옹송그리고 있다가
그대가 나를 부르는 기척이 나면
눈물부터 주르륵 흘렸습니다.

엉경퀴 지천으로 핀 풀밭을 지나
자갈들 잉잉거리는 묵정밭을 지나
그대 마음결에 가 닿고 싶어
그리도 몸살이 나던 그때,

먹지 않아도 배가 부르고
듣지 않아도 귀가 뚫리던 그때,
무슨 착시 현상인가요.
무슨 마술에 걸렸나요.

그대가 그렇게 하잘 때,
그렇게 할걸 그랬습니다.
그대가 않겠다고 도리질할 때,
그렇게 할걸 그랬습니다.

시방, 나는
그대가 쳐 놓은 그물에 걸려
옴짝달싹도 못 한답니다.

버려진 자의 변

보도블록 S자 형태의 금 사이로
버려진 담배꽁초 하나.
운동화에도 밟히고
슬리퍼에도 밟히고
숙녀화에도 밟히고
밟히고, 밟히고
자꾸만 밟히다 보니
이제는 납작한 가오리쯤 되겠다.

그도 한때는
다보록이 쏟아지는
차진 햇살 받으며
푸른 투구 잎새
갈기처럼 휘날리며
젊은 피로 선동(煽動)했었지.
나아가세! 앞으로, 앞으로!
미래에 떠오르는 희망은
우리의 것이고 그 중심은

바로 나이며 뼈아픈 그
주역(主役)은 바로 나라고.
안에서, 밖에서
두 어깨 치켜세우며
'밥 벌어 먹이는 자'란
완장을 채워 주었지.
붉은 서체로 낙관(落款)까지 새겨서.

이맘때쯤 누가 알까,
버려진 자의 비애를.
정수리 까인 구두창에 엉겨 붙은 흙덩이
꼬질꼬질한 잠바에 실밥 터진 겨드랑이
겹겹이 뙤리 튼 검버섯 군단에
헐거워진 대장 틀니는 아예 출장 중이시고
여보슈. 나도 옛날엔
잘 나가던 때가 있었다오.
버려진 담배꽁초와
합죽이 노인의 정물화
가까이, 멀찍하니 지켜보자니
그 그림 괜찮다.
괜찮다. 괜찮다. 아직 괜찮다.

삼중주

기분 좋은 하늘이 달무리를 앞세운 눈썹달을 삼켰다가 게워냈다가 하며 놀리고 있다.

시냇물은 성년이 다 된 조약돌의 어깨와 목덜미께를 격정적으로 애무하며 우레 같은 목청을 뽐내며 흐르고 있다.

덩치가 산만 한 고목 발치쯤에 몸을 웅크리고 며칠 전에 떠난 아내를 그리워하던 귀뚜라미가 울다가 지쳐간다. 저러다 울컥해서 자살이라도 하면 어떻게 하나. 나라도 집중적으로 돌봐 줘야겠다.

웃자란 금송화 한 송이 꺾어 들고 하늘, 시냇물, 땅의 삼중주 코러스를 내가 지휘할까 했는데, 이미 찬물에 발 담그고 피라미를 사냥질하던 왜가리가 맵시로 보나 폼으로 보나 자기가 낫다고, 그 자리엔 자기가 딱 맞는다고 강하게 어필한다.

정명훈 씨!

삼중주 컨덕터(Conductor, 지휘자)로 왜가리가 났겠어요?

내가 났겠어요?

밥 한 사발

밥 한 그릇 온전히 내 것으로 만들기 위해
이른 아침부터 밤늦도록 숨이 차고 땀으로 범벅이 되다니.

회(蛔)의 요동에 굴복하는 순간까지
고상함도, 저속함도 육탄으로 앞장서게 하는 힘.
싸워 이기도록 부추기는 힘.

오!
뜨시뜨시한
밥 한 사발.

글을 마치며

환희와 기쁨보다는 슬픔, 비애, 고통들은 지나고 나니 그다지 밉지 않고, 때로는 그리워질 때도 있다.

남은 소망이 있다면 내가 사랑하는 모든 사람에게, 눈곱자기만한 좋은 영향이라도 주고 갔으면 참 다행이겠다.